荣誉主编：蒋　风　樊发稼
主　　编：杨晓明

DA JIA GU SHI SHU XI

大家故事·经典童话

猪八戒传奇

● 任明耀/著

大家故事书系
经典童话
10—02

中国言实出版社

图书在版编目（CIP）数据

猪八戒传奇 / 任明耀著. -- 北京 : 中国言实出版社, 2014.6

ISBN 978-7-5171-0611-1

Ⅰ. ①猪… Ⅱ. ①任… Ⅲ. ①故事－作品集－中国－当代 Ⅳ. ①I247.8

中国版本图书馆CIP数据核字(2014)第112373号

责任编辑：王　宁

出版发行 中国言实出版社

地　址：北京市朝阳区北苑路180号加利大厦5号楼105室

邮　编：100101

编辑部：北京市西城区百万庄大街甲16号五层

邮　编：100037

电　话：64924853（总编室）64924716（发行部）

网　址：www.zgyscbs.cn

E-mail：zgyscbs@263.net

经　　销 新华书店

印　　刷 北京温林源印刷有限公司

版　　次 2014年6月第1版　　2014年7月第1次印刷

规　　格 880毫米×1230毫米　1/32　6.375印张

字　　数 147千字

定　　价 23.00元　　ISBN 978-7-5171-0611-1

内容简介

本书以家喻户晓的神话人物猪八戒为主角，收编了新内容、新故事五十余篇，分“猪八戒为什么叫八戒”“猪八戒新趣闻”“猪八戒出国旅游记”“猪八戒新进步”等四章，情节生动有趣，语言活泼新鲜，形象风趣横生，读来令人捧腹，把猪八戒的形象塑造得十分丰满，颇具典型的艺术特色。

首版书名《猪八戒新传》，1997年海燕出版社出版，脱销已有二十年了。今由亚洲儿童文学大会主席、中国儿童文学德高望重的理论家蒋风先生鼎力推荐再版。

书末附有美籍华人学者梅凡先生刊发在暨南校友杂志的书评一则。此评中肯、深刻，有其独到见解，值得关注，值得寻味。

为了体现原书的完整性，本次再版沿用郑熹老画家的插图，以志纪念。

主编的话

大家童话，为孩子们栽种七彩的梦

●杨晓明

春风芳菲，桃红柳绿，一套五颜六色的精美童话书，展现在小读者面前了。

这套丛书就是《大家故事·经典童话》，你会发现有四大特点，即：

1. 老将挂帅　童心依然

老将有耄耋老寿星，著名儿童文学理论家蒋风教授。蒋风先生致力于儿童文学事业七十多年，三年前还亲自组织并主持在浙江师范大学召开了亚洲儿童文学大会，是儿童文学界的泰斗。我与蒋风先生相识相交多年，他平易近人，常把他编辑的《儿童文学信息》（臧克家题字）寄给我。当他听说我要主编这套《大家故事·经典童话》，即把浙江大学任明耀教授的《猪八戒传奇》一书推荐给我。他说："儿童文学，为孩子们栽种七彩的梦，未来的世界是属于孩子们的。这部《猪八戒传奇》上世纪 80 年代十分畅销，断档几十年了，插图也美，在国外有相当影响，可称'经典'了。"《猪八戒传奇》写的是《西游记》外的猪八戒传闻 52 篇，一篇篇都很有趣味，我很喜欢。这位出生于上世纪 20 年代初的任明耀教授，是中国作家协会会员，国际莎尔比亚戏剧协会会员，英国皇家艺术研究院荣誉院士。他多次给我写信，笔迹清晰，笔力苍劲；也多次给我打电话，底气十足，掷地有声："猪八戒的形象，真实、可爱，远胜过外国的阿童木、一休！有生之年，我要让中国的猪八戒，走上世界童话、动漫舞台！"他还将美国南加州暨南大学校友会会长梅凡写的书评《感谢童心奉献》寄来，作附录以飨读者。

“年富力强”的老帅是樊发稼教授。樊教授是中国社科院文学研究员，已出各类书70余部。退休后这些年，他几乎马不停蹄，每个月都应邀“飞”到各地去。他对我说了两句话，第一句：“培养文学新人，奖掖后生，最苦最累，也值。”第二句：“其实，童话与寓言一样，写给小孩看，也是写给大人们看的。”他在百忙中挑选出十多本小册子，把预选的篇目认认真真地打上钩，交给我。书名商讨了七八个，同意用《樊发稼童话选粹》。此书分两辑，第一辑为40篇散文体童话，第二辑为3部诗体童话。他的散文体童话，从小熊、小羊、小松鼠等小生命的思想活动中，展示浓郁的生活情趣，给儿童们以潜移默化的美德熏陶；而他的诗体童话，则以极丰富的想象力，极优美的意境，令人遐思翩翩，心驰神往，使人想起普希金的童话诗。当年，这些童话长诗，在电台演播，配以柔美的音乐，似一曲“心灵鸡汤”，令人荡气回肠。

这套书，就由蒋风先生和樊发稼教授，共同担纲荣誉主编。

2. 新秀亮相　一招见鲜

最年轻的入选者李一鱼，出生于上世纪70年末，是广西玉林贫困山区一家小作家培训学校的校长。他虽自称“小溪一鱼”，但不可小觑。他那颗纯真的童心，正悄悄地告诉你，一颗叫妃子笑的荔枝，怎样借小雨滴做镜子，照出了她那爱美的心；一条森林里的小蟒蛇，怎样错把一则保护它的公告，误为通缉令，一路胆战心惊；一位受宠爱的“奇葩小子”，怎样与他的宠物“极品小鸭”互换身份，闹出了一个个笑话……

读他的童话，只觉得一阵阵南国之风悠然而至，夹杂着一丝丝荔枝的清香，一滴滴椰汁的甜味。他的童话，除了极富地域特色外，也极富现代生活气息，几乎每一篇都把你带到热辣辣的家庭、课堂、菜场、田园中。可贵的是他不拘泥于现实，有充分的想象力，其文思驰骋于千里晴空、万里沃野，且文笔晓畅，悬念迭起，故事曲折，引人入胜，令人想起文坛宿将张天翼的《宝葫芦的秘密》。

3. 创新形式　演绎金句

《三个外星人》，是一种“代言体”校园童话短剧，很受热捧。作者是中国作家协会会员、国家一级剧作家——张鹤鸣夫妇，是影视明星陶慧敏的恩师。当年，张鹤鸣先生根据安徒生童话《海的女儿》，改编成大型越剧《海国公主》，连获国家级 8 个大奖，推荐晋京到中南海怀仁堂献演，轰动全国；这些年，他醉心于中国校园代言体童话剧故事的创作，为活跃当代中国校园的第二课堂，为培养更多的陶慧敏呕心沥血。《三个外星人》由第五届鲁迅文学奖得主、硕士生导师谭旭东教授作序。谭教授说："我申请了一个教育部的儿童戏剧课题，也算是第一个专题研究儿童戏剧的学者。现在我国中小学校，都缺乏这些戏剧课程，更谈不上戏剧创作和表演了。张鹤鸣老师的代言体寓言剧，是一种大胆的探索和创新，可以演出，也可以阅读，为中国教育引进外国戏剧课提供了很好的范例，一定会大受欢迎。"

《美猴王琢玉记》和《大黑小花寻宝记》，是两部由动画脚本改编的中篇童话故事。作者是国家一级剧作家陈奔。陈奔先生 14 岁就参加新四军，一生写的童话、编的剧本数以百计。《美猴王琢玉记》，说的是孙悟空西天取经途中，帮助盟兄牛魔王教育儿子红孩儿的故事，情节跌宕起伏，扣人心弦；《大黑小花寻宝记》，是一只叫大黑的狗和一只叫小花的猫，历经千辛万苦，寻找强盗，替主人夺回稀世珍宝的故事。陈奔先生年逾八秩，每天仍笔耕 10 小时，且新作迭出，一部部别出心裁，让人匪夷所思，惊叹不已。

《名言背后的故事》，一句名言，引出一个故事。这部童话书作者是《人民铁道报》的老报人马焕文先生。几年前，马先生出版了一部《火龙犬传奇》，可称长篇童话小说，所有看了的人无不感动得热泪盈眶。这部《名言背后的故事》，马先生不厌其烦，打磨了好几年。兴起时，他半夜也会披衣起身，坐在电脑桌前猛敲键盘。此书原有 160 篇，经过多次反复雕琢，仅选 100 篇，采取了一句名言一个故事的形式，可谓"一花一菩提"是也。马先生说："在我眼里，世界上的人，笑也是歌，哭也是歌，做事也是歌，做梦也是歌；大地一抔土，天空一缕风，江河一滴水，森林一叶红；狼嚎狮吼，狐诡鼠猾，蜂飞蝶舞，鸟语花香，都能流进我的心田，写成童谣、童话。这本书就是我采集世界万象的结晶。"

4. 跨越国界　浓缩经典

《世界经典童话》上下两册，共 101 篇。此书由我国著名儿童文学作家陈玮君的幼女金紫改编。金紫天生聪颖，文思敏捷，文笔清丽，文句优雅，17 岁前后就出版儿童文学翻译著作多部，她的全译本《黑丽》出版后，获第十届冰心儿童文学图书奖。

《世界经典童话》由中国作家、浙江省作家协会原副主席刘文起作序。文起说，金紫这部《世界经典童话》上下册，是从他父亲的《世界童话集》手抄本 400 余篇中精选出来、精心编写的。这部书“篇目新颖、文字简洁、内容丰富、语言精美，充分反映亚、非、欧各国的风情风貌，可称鉴赏世界童话的经典之作，我十分看好，相信一定会得到读者、尤其是少年儿童的喜欢。”

《怪怪奇奇的国王故事》，是主编本人与爱人合著，原名《100 个国王的故事》，20 年前在农村读物出版社出版，曾发行十多万册。这次再版，为求大致统一，忍痛割爱，精选 86 篇。仍分智、愚、善、恶四辑，益智、扬善、增趣、厌恶。这些国王故事，多数来自零星英文资料编译，一些来自佛经故事改写，可谓沙里淘金、聚沙成塔。由浙江省文史馆馆员、老画家王思雨先生插图。

大家故事，是中华文化的传承，是中国龙的精髓，是中国梦的倾泻。《大家故事·经典童话》，以大气、大美的花骨朵儿，散发出清丽、清白、清纯、清香，吸引着大朋友、小朋友们去鉴赏……

嗨，还有《大家故事·经典传说》《大家故事·经典寓言》《大家故事·作家童年》……一句话，让大家走近百姓、走近儿童！让经典跨越国界，穿越时空！古为今用，洋为中用！

《大家故事》书系，继续征稿。每册十万字，强调故事性、现实性、哲理性，追求真情真志真思，善德善境善意，美篇美题美句。

（主编杨晓明，浙江乐清人，网名“老鱼”，作家、高级编辑，已出版各类专著 10 部，其中《100 个国王的故事》《雁荡山奇闻》发行十多万册。近年在人民网、作家网发表美文几十篇，《欣赏著名作家毛志成“雁荡山人”题字》获新华网 2011 年优秀散文奖，《跪拜太阳》《恭王府寻福》入选华东师范大学出版社出版的中学生九年级和高一年级《精彩阅读》）

目录
CONTENTS

序 言　我是怎样爱上猪八戒的（任明耀）/1

第一部　猪八戒为啥叫八戒

小　引

001　戒贪吃/4

002　戒懒惰/8

003　戒吹牛/14

004　戒猜疑/22

005　戒啰唆/26

006　戒骄傲/31

007　戒妒忌/37

008　戒说谎/41

第二部　猪八戒的新趣闻

小　引

001　砸镜子/52

002　相熊猫/54

003　哈哈镜/57

004　漂亮的三色花猫/59

005　变魔术/61

006　吃仙桃/63

007　看画/66

008 想当歌唱家/68
009 鼻子的故事/70
010 天国/72
011 树袋熊/76
012 飞鞋/78
013 做好事，难！/82
014 雄鸭/84
015 百眼怪兽/87
016 钻进了人堆/89
017 一戏猪八戒/91
018 二戏猪八戒/93
019 三戏猪八戒/97
020 招聘/103
021 成名以后/105
022 评理/108
023 演讲/110
024 究竟啥原因/112
025 一朵玫瑰花/114
026 拜师记/116
027 X君/120
028 也有聪明的时候/122
029 大闹美术展览馆/124
030 一对好朋友/127
031 打开狮笼/130
032 东方超级大市场/134

第三部　猪八戒出国游历记

小　引
001　第一课/142
002　Y国奇遇/145
003　红辣椒/147
004　赴宴/149
005　戴帽的学问/152
006　与狼共舞/154

第四部　猪八戒开始转变了

小　引
001　春天来了/160
002　粗中有细/163
003　智斗群猴/165
004　当坏消息传来的时候/168
005　巧释难题/171
006　遇哑女/175

后　记：让“猪八戒”走向世界（任明耀）/179
附　录：老在须眉壮在心　耄耋犹存童真心/181
——喜读《猪八戒传奇》有感（美国·梅　凡）

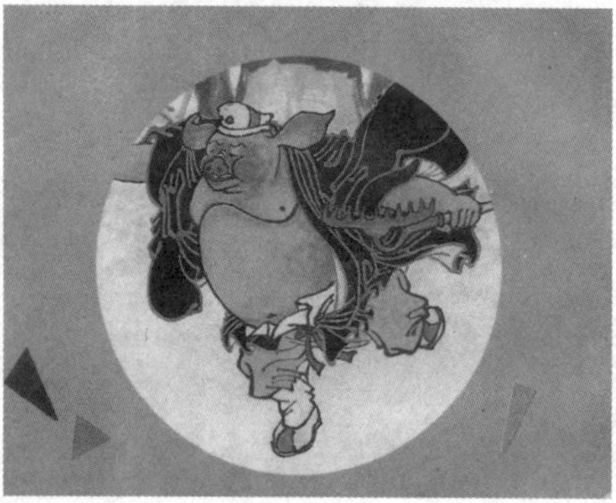

序言

我是怎样爱上猪八戒的

●任明耀

我的朋友常常好奇地向我提问："你研究外国文学，但你写了不少猪八戒的童话故事，你是怎样爱上他的？"其实，我爱上猪八戒，也有一点传奇色彩。

20世纪50年代，浙江绍剧团在杭州胜利剧院演出新剧"孙悟空三打白骨精"，获得了好评。我出于好奇，有一天晚上走进剧院观看了这出戏。绍兴大班的唱腔，有它的独特魅力。剧中人物个性鲜明，情节曲折多姿。六龄童扮演主角孙悟空，武打十分精彩，唱腔、表演也都不错。可是，我对七龄童扮演的猪八戒却情有独钟。他一出场就博得满堂喝彩，一开口说话更使我笑开了花。他的唱腔很别致，一举一动都非常幽默、好笑。他虽然傻得可爱，可是他的本性善良，所以大家都喜欢他。我觉得这个人物太可爱了，从此以后，我就开始写猪八戒的童话了。多年以来，笔耕不辍，写了将近一百多个，有的已在报刊上发表。其中10个故事在上海教育出版社主办的《拼拼读读画报》上连载了10期，责编王文霞女士富有创新精神，请了10位风格各异的画家画了10个不同形象的猪八戒，再加上10个有趣的故事，一下子博得了小读者的欢迎，刊物发行量猛增，为出版社取得了可观的经济效益。

此后，更激起了我的创作兴趣。我挑选了一批作品，定名《猪八戒新传》，交付河南海燕出版社出版，其中的插画由北京著名老画家郑熹先生创作。郑熹早年从中国美院毕业，在画坛耕耘数十年，成了著名的花鸟、人物画家。由于他生动的插图，初版4000册出版以后很快销售一空，成了"一书难求"的童话书了。

我曾赠给我当时读小学的外孙一本，他看了以后喜欢不已，居然自己动手也写起了童话。有一天，他将我这本童话书拿到学校去献"宝"，一下子被其他小朋友抢走了，后来他想取回这本宝书，可书早已无影无踪了！究竟谁拿走的呢？也无法查明了。

可见，这本童话书多么受小朋友的喜爱呵。这使我兴奋不已，也使我惭愧不已。

进入新世纪以后，我发现动漫市场方兴未艾。我想到猪八戒如果走向动漫市场必然会引起轰动。世界上有不少动漫人物，如米老鼠、唐老鸭、一休和尚……他们都是孩子们的开心果。我想猪八戒如编制精美，一旦走出国门，走向国际动漫市场，肯定会使世上的大人、小孩喜欢的。为此，我将《猪八戒新传》中的“猪八戒为啥叫八戒”的故事，于2000年改编成了动漫文学剧本“猪八戒逸事”（共8集）。完成以后，我一直藏在抽屉中，真成了“藏在深山人未识”。直到党的十八大以后，受到党的号召“文艺要大发展、大繁荣”的鼓舞，我将此稿投寄浙师大前校长、我的同事、早年在杭大中文系共同开设儿童文学课的儿童文学权威作家蒋风教授审阅并指教。蒙他赏识，决定在他主编的《儿童文学信息报》连载。第一期3个故事连载以后，颇受好评；接着，另一内刊《暨南渝讯》也分期连载了。以后省内外不少朋友来电来信，十分赞同将猪八戒改编成动漫故事。

浙江省作协党组书记赵和平同志来电，也向我表示他的赞同。北京中国艺术研究院研究员、戏曲研究专家、博士生导师孙崇涛，是原杭州大学中文系1957届毕业生，他来信称赞说：“老师童心未泯，所撰《猪八戒轶事》童趣盎然，读之喜甚、佩甚。”上海友人汪义生教授则亲笔来信谈了他的意见：“多年来，美、日、英等国的文化产业如海啸般席卷而来，对我国文化产业形成巨大的冲击，尤其是它们的动漫产品占领了我国儿童文化市场的绝大多数份额。如《机器猫》《阿童木》《变形金刚》《狮子王》《功夫熊猫》……

“吸引了亿万中国儿童，不仅在版权、票房上赚得盆满钵满，更令人忧虑的是，这些动漫产品以它们的核心价值观，在潜移默化地影响着中国少年儿童的心灵，故弘扬和振兴华夏民族文化，大力发展中国动漫产业，乃当务之急。您创作的《猪八戒故事》具有浓郁的中国风格、民族特色，是改编动漫不可多得的好脚本。”这些溢美之词，我都当作是对我的鼓励和鞭策。

我一直认为，猪八戒有三大特色：一是风趣幽默，具有民族性。自古以来，不少中华人物都是很风趣很幽默的。二是他身上的缺点，人人都有一些，所以人见人爱，对他十分亲切，具有人民性。三是具有现实性。如他说话啰唆，好讲空话、废话、大话，不说要害问题，令人讨厌，这种现象不是太普遍吗？又如他谎话连篇，不讲真话，结果大吃其亏，甚至差点儿丢掉性命。在过去极“左”时期，讲假话成风，讲真话受罪，以致国家元气大丧，人民受苦，这种惨痛的教训太深了。难怪巴金老人当时大声疾呼，要人们“讲真话”。我以为，一个作家，尽量把作品写得风趣、幽默一些，少讲人人都懂的大道理，少板着脸孔训人，不是更好一些么！特别是儿童文学作品，若没有童真童趣，孩子们哪会理你呢？当今社会，生活节奏紧张，追名逐利的现象严重，人人都喊“忙呀，忙呀！”为什么不轻松幽默一点呢？我发现西方世界的人喜欢幽默，即使排着长队购物，也喜欢与陌生人讲笑话。我深感自己愚鲁，不善言辞，更写不出幽默大帅林语堂那样的妙文。撰写猪八戒的故事，对我来说也是一种学习。作品还存在不少缺点，如能得到广大读者的指教，我将深感荣幸。我已92岁高龄，来日不

多，随时接受上苍的召唤，离世而去，如能像文化名人黄宗江先生那样能够问心无愧地“回家”，那将是最大的幸福。

最后啰唆一句，绍剧猪八戒的演员七龄童是一位天才喜剧演员，为老百姓留下了活泼泼的猪八戒形象。他的过早离世，令人痛惜、悲愤不已。我希望有人能撰写他的传记，研究他的喜剧艺术，这是对他的最好纪念，也是一笔宝贵的文化遗产。

不再啰唆了，不然，我也变成猪八戒了！一笑。

2013年4月春暖花开 于美丽的浙江大学西溪校园

时值第九届中国国际动漫节

第一部

猪八戒为啥叫八戒

貪吃曝光
乙亥夏为八戒造

小引

谁都知道，猪八戒本是天蓬元帅下凡，匆匆忙忙投错了胎，投到猪圈里去了，就姓了猪。后来他跟师父学艺，师父赐给他一个“悟能”的名字。可是，有几人知道他叫猪悟能呢？大家都爱叫他猪八戒。这，到底是什么缘故呢？

且听我慢慢道来。

原来，师父赐给他猪悟能这个名字以后，他就洋洋得意起来。

碰上人问他：“你为啥叫悟能？”

他会滔滔不绝地讲上一番大道理：“我呀天生聪明，样样比别人高明，样样事情不学就知道。比如吃东西，我一看就知道什么东西好吃，什么东西不好吃！哈，生下来第一天起，我就知道用嘴吃东西，不会用耳朵吃东西！我还天生知道，耳朵的用处是听，嘴巴的用处是吃……你说说，我不是又‘悟’又‘能’吗？”

唐僧收他为徒弟以后，他就变得更加骄傲起来。他目中无人，不知天高地厚，到处逞能，结果出了不少洋相，吃了不少苦头。为了让他时时记住自己的许多毛病，最后大伙儿给他取了一个“八戒”的名字。

下面就是有关这个名字由来的八个小故事。让我们从中吸取有益的教训吧！

001 戒贪吃

猪悟能的贪吃是天下闻名的。他天生有一张大嘴，吃起东西来又快又多。别人一看见他的影子，他就会飞快地把吃的东西藏起来。有的好心人，有时请他吃苹果，给他一个不行，十个也不行，五十个也不行，一百个才勉强吃个够。他如果要吃饱，那起码得超过二百个或三百个。你看，他的胃口有多大！

有一次，金丝猴在收摘玉米，悟能一眼就扫到了金丝猴面前那堆金灿灿的玉米，馋得他口水哗哗直流。金丝猴好心给了他一个尝尝鲜，谁知只听见咕咚一声，那玉米就溜进了他的大肚子，消失得无影无踪。金丝猴又给了他五个，不到三分钟，他又彻底地消灭光了。

金丝猴再给了他五个，说："吃完这些，就不给了。"

哪知老猪吞吃了这五个玉米，毫不过瘾。他顾不得羞耻，干脆把金丝猴面前那堆玉米都搬了过来，吃光以后抹了抹嘴，就扬长而去。

金丝猴跑到唐僧和孙悟空、沙和尚面前直叫苦："你们那位猪兄弟太贪吃了，他把我辛辛苦苦摘下的一堆玉米统统吃光了。你们得好好治治他的毛病呀！”

唐僧和孙悟空、沙和尚觉得老猪的贪吃毛病，已经到了非治不可的时候了。他们商量了对策，准备伺机治一治老猪。

夏日的一天中午，唐僧师徒四人冒着酷热，翻越了一座峻峭的山峰，来到了一块西瓜地旁。他们都热得不得了，尤其是口渴难熬。猪悟能看到瓜地里躺着许多又大又圆的西瓜，眼睛都亮了。瞧着那乌溜溜、贼亮亮的西瓜，馋得他心里发慌，口水直流。

一个农民摘了一个大西瓜，切成四块，送到他们师徒面前说：“你们四位师父，尝尝这西瓜的味道可甜?”

猪悟能的嘴大，手脚又快，一下子就朝嘴里塞进两块西瓜，同时又用双手把另外两块西瓜拿在手中，连声说：“好瓜，好瓜！”

农民见他们口渴得厉害，就对他们说道：“你们四位师父就在瓜地里吃吧，可是我们这里有一条规矩。”

老猪眨着小眼睛问道：“规矩？吃瓜还有什么规矩？”

农民说：“我们的规矩是只许吃，不许带。”

“没问题，你放心好了。”老猪说。

唐僧、孙悟空、沙和尚分吃了一个大西瓜以后，已经解渴了。可是老猪却低着头一个接一个地大嚼起来。

唐僧看着老猪吃完了三个大西瓜以后，就上前说道：“徒儿，我跟你来一次吃瓜比赛好吗?”

老猪哈哈大笑起来说：“没问题。论吃瓜，谁也比不过我。”

唐僧拿起一个西瓜吃了几口就放下了。老猪拣起一个大西瓜猛吃起来。当然，老猪得胜了。可是他的肚子开始膨胀起来，但他还取笑唐僧道："师父呀，吃西瓜你得拜我为师哩！"

这时候沙和尚上前说道："老猪，我来跟你比一下。"

"没问题。"老猪笑着说，"连师父也比不过我，你老沙算老几?"

沙和尚拣了一个西瓜，吃了几口就放下了。老猪又飞快地吃完了一个大西瓜，他又得胜了。这时候，他的肚子已胀得高高的，他却还得意地叫道："你老沙跟我比，差得远呢！"

突然，孙悟空跳到他的面前："你甭骄傲，俺老孙还没有跟你比过呢。"

"没问题。"

"我跟你比赛吃一个整瓜，看谁能一口吞下去。"

"没问题！"这呆子闭着眼睛瞎嚷嚷，"说句老实话，吃瓜的本领，你老孙不是我的对手。"

孙悟空摘了一个最小最小的西瓜，一下子塞进嘴里去了。

"这有啥稀奇，你只吃了个小瓜，看我老猪的——"心贪嘴馋的老猪，摘了一个特大的西瓜往嘴里塞。

他拼着老命塞呀塞，这时候他那大嘴巴也不顶用了。

他费了九牛二虎之力，才把大西瓜塞进去一点点。又用尽了吃奶的力气，才勉强又塞进了一点。可是，他怎么也没法把大西瓜整个儿塞进嘴里去。

老猪急得满头大汗。

大西瓜进不去又出不来，眼看老猪的眼睛开始翻白了。

这时候，老猪的大肚子越胀越高，连喘气也困难了。他躺倒在地，汗如雨下，眼看要断气。

唐僧双手合十叫了起来："阿弥陀佛，快救一救这馋嘴的徒弟吧！"

孙悟空见老猪实在不行了，问道："怎么样？你还说'没问题'吗？"

老猪这时只有摇头的份儿了。

孙悟空把老猪背在背上，沙和尚上前来往他的背部狠狠地一击，那个大西瓜从猪悟能嘴里吐了出来。接着西瓜水又吐了一地，老猪这才松了一口气。

唐僧说道："徒儿，以后你还馋嘴不？"

这时候，猪悟能的肚子开始疼痛起来，直哼个不停；他的嘴里又冒出了许多没有嚼碎的西瓜皮，显然他已经吃坏了肚子。他可怜巴巴地看着师父，直摇晃他的那两只大耳朵说："不啦，不啦！"

沙和尚说："你老说没问题，我看问题着实不小呢。"

唐僧说道："以后就叫你猪一戒吧，要时时刻刻记住这个名字，不要再犯贪吃的老毛病了。今天，你该尝到贪吃的苦头了吧？"

从此，猪悟能变成了猪一戒。

002 戒懒惰

夏日炎炎正好眠，对猪一戒来说，更加如此。

他平时就懒得要命，到了夏天，他就更不愿意抬脚动手了。他除了吃喝，终日躺在床上打呼噜，因此，他的肚子就越来越大了。

呼噜噜，呼噜噜，他的肚子一上一下，就像海浪一样有起有伏，你瞧他睡得多香甜！

这一天，晴空万里，朵朵白云在蓝天上飘动。唐僧、孙悟空、沙和尚要远游了。他们邀请猪一戒同行，但老猪赖在床上，说什么也不肯去。

唐僧走到他的床前，轻声唤道："徒儿，快起来，跟我们去远游吧，见见世面，增长知识！"

老猪懒洋洋地说了句："我不去。外面风风雨雨的，有什么好看的！"说完又翻身睡熟了。

呼噜噜，呼噜噜，你听，他的鼾声有多响！

孙悟空用金箍棒将他弄醒以后，说道："呆子，快快起来，让我们早点出发。”

“我不去，远游太辛苦了。”说完，老猪又睡熟了。

沙和尚上前用扁担将他弄醒后说：“我们去了，你一个人怎么办?”

老猪睡眼惺忪地说：“我一个人待在庙里看守不是挺好吗?你们放心去吧！”说完，他又面朝里睡去了。

唐僧师徒三人对这个懒汉毫无办法，可让他一个人留下又放心不下。出门前，孙悟空和沙和尚先从番薯地里掘了两大筐番薯放在庙里，又把大缸里的水挑得满满的。

孙悟空将老猪唤醒，说道：“老猪，我们走了，你肚子饿了就吃点番薯，这两筐番薯吃完了，就自己到番薯地里去掘吧。”

沙和尚接着说：“缸里的水喝完了，你自己到溪里去挑吧！”

老猪不耐烦地回答：“这些我全都知道，你们放心走吧！”

唐僧忧心忡忡地说：“阿弥陀佛，徒儿，我们要过些日子才回来，但愿你平安无事。”

唐僧师徒三人出了庙门，渐渐远去。

老猪一见他们走出庙门，马上翻身下床，大叫大跳起来：“现在，我老猪可以独立为王了，啊哈哈，让我快快活活、自由自在地过几天舒坦的日子吧！”

从此以后，老猪饿了就吃，渴了就喝，日子过得赛神仙。他终日躺在床上，大唱他自己编的《猪歌》：

呼噜噜，呼噜噜，
我是一个享福猪。

口里渴了喝缸水，
肚子饿了吃番薯。
日子过得赛神仙，
呼噜噜，呼噜噜。

日子一天一天地过去，那两大筐番薯慢慢地吃光了，大缸里的水也慢慢地喝完了。

这天，老猪拍拍自己的大肚子自言自语地说：“今天让我再快活一天，明天我去番薯地里掘番薯，到溪里去挑水吧！”说完他又呼噜噜、呼噜噜地睡起大觉来了。

夜里，星光灿烂，老猪鼾声如雷，震耳欲聋。睡到第二天中午，他的肚子开始咕咕咕地叫起来。他眨了眨眼，翻了一个身，又鼾声大作起来。

可是他的肚子不听使唤，大叫起来。他只得起身，到番薯筐前一看，唉——只有十来个番薯了，还不够他老猪吃一顿呢。猪一戒思忖道：今天非去番薯地里掘番薯不可了。

他拿起九齿钉耙，走出庙门，手搭凉棚向前方一瞧，只见太阳高高地悬挂在空中，那万道金光直照得他汗水淋淋，热煞难熬。猛一想到那番薯地远在山坡上，要走许多路，他马上泄气了：“番薯地那么远，太阳又那么猛，让我明天再去掘吧！”

他转身回到庙里，想喝一碗水，可是缸里的水已经快没有了。

他无可奈何地挑起水桶，走出庙门，没走几步，又停下了，叹着气说：“唉，小溪远在山的那边，还要翻过一个山头，这太累了。等明天太阳不那么晒，我再去挑吧！”

打定主意以后，他返身又回到庙里，先把剩下的番薯一口气吃光，然后又把缸里的水一口气喝干。他抹了抹嘴，又躺在床上了，想道：今天让我养足精神，明天再去挑水掘番薯。嘿，我就是这个主意。

他伸了伸懒腰，又鼾声大作起来。

呼噜噜，呼噜噜，他睡得多香呀！

第二天清晨，太阳慢悠悠地从东方升起。猪一戒正要出门去掘番薯，只见天色骤变，一场暴风雨来了。雷声隆隆，电光闪闪，瓢泼大雨，倾盆而下。老猪快活地跳着，唱着：

下雨天，留客天。
天雨路滑难行走，
让我老猪明天再出门，
明天再出门。

他灵机一动，站在庙门口的空地上，对天张开大嘴喝着雨水。他全身淋得像只落汤鸡，却还手舞足蹈地叫喊着："多甜的天落水！如此说来，何用我老猪辛辛苦苦去挑水喝啊！"

这样，他又高高兴兴地过了一天，等到第二天早晨醒来，腹中空空，饥饿难熬，猪一戒再也起不来了。

他仰卧在床上，心里暗暗思忖着：师父他们今天该回来了吧？

老猪空等了一天，开始不安起来。他自言自语："明天我一定得去挑水掘番薯了。"

可是到了第二天，他又改变了主意："我再等一天吧，他们今天不回来，明天也许该回来了。”

今天等明天，明天等后天，就这样他硬等了三天，仍然没见师父他们的影儿。老猪的大肚子开始瘪下去了。

光阴如流水，这样又过了三天。老猪实在顶不住饥饿的煎熬，硬着头皮从番薯筐里拣了一些发霉的番薯皮，连同皮上的烂泥，一股脑儿朝嘴里塞。吃完了番薯皮，他口渴得厉害，便也顾不得脏，舀了些肮脏的阴沟水来解渴。过不了多时，他肚痛起来，痛得他大叫“救命”。一连几天，上吐下泻，又懒又馋的老猪已变得骨瘦如柴，气息奄奄了。连老鼠也大胆地爬到他的肚子上跳起舞来。

正当老猪快要饿死病死的时候，孙悟空腾空而来。他左手拿着一盘蜜桃，右手拿着一瓶溪水，来到了老猪的面前，叫道：“呆子，老孙来也！”

老猪听见“呆子”的唤叫声，又闻到蜜桃的清香味，马上张开了眼睛。一看是孙悟空来了，马上哭丧着脸叫道：“猴哥救我！猴哥救我！我快饿死、病死了！”

孙悟空见自己的师弟饿得这般模样，也动了怜悯之心。他把一瓶溪水送到老猪面前，老猪咕嘟一下，就喝干了。原先干裂的嘴唇，也滋润起来。过了一会儿，孙悟空又把蜜桃放在老猪面前，老猪馋涎欲滴，马上抓了一个吃开了。

孙悟空好言劝道：“你慢慢吃吧，别狼吞虎咽的，又把肚子吃坏了。”

孙悟空对他一句批评话也没有，这倒使老猪大为感动起来：“我真该死。我懒得终日昏睡床上，今天几乎饿死、病死。”

唐僧、沙和尚也随后赶到了。他们看到老猪饿得像个瘦猴子模样，大为吃惊。听了孙悟空的叙述以后，唐僧叹着气说：“阿弥陀佛，徒儿，要不是我们及时回来，你真会饿死、病死的。”

“是的，我会去见阎王爷了。”老猪不得不承认说。

“你的懒病，非改不行了。”唐僧说。

“今后就叫他猪二戒吧！”沙和尚建议道。

猪一戒无可奈何地点了点头。

沙和尚当即给他编了一首顺口溜：

昨天他是猪悟能，
因为贪吃变一戒。
今天懒惰把身伤，
霎时变成猪二戒。
明天变个啥模样，
要他自己来回答，
来回答。

003 戒吹牛

猪二戒对自己身上三件东西一直是十分满意的。这三件东西就是：头大、耳大、鼻大。

你瞧，他的脑袋有多大！

你瞧，他的耳朵有多大！

你瞧，他的鼻子有多大！

你再瞧瞧，他摇着大脑袋，扇着大耳朵，翘着大鼻子，在大路上走着，该有多神气。

一天，老猪走到唐僧面前叫道："师父，我的头比你大，你说，是不是我比你聪明一点？"

唐僧手拿念珠说："阿弥陀佛，头大不一定聪明。"

老猪轻轻哼了一声，很不以为然。又走到孙悟空面前说："猴头，你说说，我的耳朵比你大，是不是我的听觉比你灵？"

"这个，恐怕不见得。"孙悟空说。

老猪重重哼了一声，又走到沙和尚面前，叫道："姓沙的和尚，你听着，我的鼻子比你大多了，你评评，我的嗅觉是不是比你强得多?"

"我看不一定。"沙和尚答道。

"呸,你晓得个屁!"老猪说罢,神气活现地走了。

这一天,猪二戒独自来到香蕉林里。他得意扬扬地在小路上走着、唱着:

老猪身上有三宝:

头大、耳大、鼻子大。
头大——人聪明;
耳大——听得清;
鼻大——嗅觉灵。

他碰到一只小猕猴,嚷道:"小小猴头,你瞧瞧,我的头比你大,总比你聪明吧?"

"你的头确实比我的大,但是要说头大就比我聪明,那就难说了。"小猕猴说。

"什么什么?你小小东西竟在大老猪面前说此大话,真是可笑呀可笑!"老猪哈哈大笑起来。

小猕猴二话不说,马上从路旁香蕉树上摘下一只大青香蕉说:"你说这香蕉好吃吗?"

"香蕉哪有不好吃的道理!你真是个小傻瓜!"说罢,老猪拿起青香蕉就往嘴里塞,接着大嚼起来。妈呀!这味道又涩又苦,怎么回事儿?他连忙吐了出来,奇怪地问道:"这香蕉怎么不好吃呀?"

小猕猴哧哧地笑了起来：“香蕉要熟了以后才好吃，而且还得剥掉那层黄黄的皮，那时吃起来可香甜啦！”

这一下，老猪才知自己出了洋相，只好不声不响地走开了。

这猪呆子并不因此而服气，他又大摇大摆地走进了一片树林子，依然哼着那首老歌：

老猪身上有三宝：

头大、耳大、鼻子大。

头大——人聪明；

耳大——听得清；

鼻大——嗅觉灵。

唱着，唱着，他在路上碰见了一只小灰兔。

老猪拦住小灰兔问道：“小兔崽子，你看看我的耳朵是否比你的要大？”

“你怎么开口就骂人？要说耳朵嘛，确实比我大。”小灰兔说。

“那么，我的耳朵一定比你听得清了？”

“为什么耳朵大，一定比耳朵小的听得清？”

“大的总比小的要好嘛。”

这当儿，小灰兔听见了一种奇怪的轻微的窸窣声音，

“你听见什么了吗？”小灰兔问。

老猪扇扇大耳朵说：“啥也没听见。”

“有狼！”小灰兔飞快地跑了。

老猪回头一看，果然有一只大灰狼从附近山上飞奔下来了。

老猪见状拔腿就跑，跑呀跑……跑到河边，幸好有一只空船停在那里，他跳上船拼命摇到了对岸。大灰狼被挡在河那边，对天长嚎一声，恨恨地走开了。

老猪总算侥幸脱险，但想到兔子比他跑得早，耳朵听觉比他灵，心里不免有点灰溜溜的。

他跑进了一片灌木林里，坐在一块大石上休息，私下里嘀咕着："如果我不快跑，也不见得会被狼追上，更不见得会被狼吃掉。唉唉，这次我太慌慌张张了。"

他重新振作精神，向前赶路。走着走着，把刚才发生的事情丢到了脑后，又得意地唱起了那首老歌：

老猪身上有三宝：

头大、耳大、鼻子大。
头大——人聪明；
耳大——听得清；
鼻大——嗅觉灵。

大路上迎面走来了一条黄狗。黄狗见他唱得神采飞扬，问道："猪兄，你在唱什么？"

"我在唱'老猪身上有三宝'。"

"啥三宝？"

"头大、耳大、鼻子大。光看我这只鼻子就比你大好几倍。"

“大有什么好?”

“大鼻子总比你小鼻子嗅觉灵。你不信?”

“我不信。”

“那就试试吧!”老猪用大鼻子朝路边一块萝卜地嗅了嗅说,“你嗅出什么来了吗?”

黄狗用鼻子向空中闻了闻反问道:“你闻出什么来了?”

老猪又用他的大鼻子向空中嗅了嗅说:“除了萝卜味,还是萝卜味。”

“老实告诉你吧,我已经闻出老虎的气味来了。”黄狗说罢便飞也似的逃走了。

这猪呆子捧腹大笑起来说:“哈哈哈,光天化日之下,哪里来的老虎呀!真是活见鬼!”

这呆子来到萝卜地里,大口大口地吃着萝卜。他一边吃,一边说:“好吃,好吃,这黄狗想吓唬我老猪,真是有眼不识……”话未说完,一只斑斓大虎忽然从灌木丛中蹿了出来,向老猪猛扑过来。

老猪措手不及,连忙扔掉吃剩的萝卜,拔腿便跑。

老猪在大路上飞跑……

老虎在后面穷追……

老猪肥头大耳,肚子又大,怎能跑得快?

眼看老虎要追上老猪了!

老猪慌乱中猛地想到:假如真被老虎追上了,身子便被撕开,肠子也被拉出……

这多可怕!

于是，老猪拼着老命向前猛跑……

忽然在他面前横着一根金光闪闪的棒子，老猪不管三七二十一，一纵身就跳过去了。

老虎刚要纵身跳越那根金棒，突然那金棒猛地往它头上一击，于是那老虎的头部血流如注，当即就昏倒在地上，翻了几个身就不动了。

老猪还在前面狂奔……

突然，孙悟空拿着那根金箍棒出现在他的面前。老猪心慌意乱一头撞在孙悟空的怀里，一下子被摔倒在地上了。

老猪以为这下必死无疑了，连眼睛也不敢睁开。

他等待着死亡的来临，仿佛觉得自己的灵魂已飞出去了。

他梦幻般感觉到自己的头已经塞进了老虎的大嘴里——老虎的利牙咬得咯咯作响——这有多痛呀……

老孙上前叫道："呆子醒来，呆子醒来。"

老猪仍然闭着眼睛，一动不动。

孙悟空用金箍棒朝他鼻子上轻轻一点，这呆子才微微睁开了眼睛。一看，原来是孙悟空。他又惊又喜，跪在地上猛叫："孙大哥救我，孙大哥救我，老虎已把我吃掉了。"

"你胡说什么，你不是还活着吗？"孙悟空笑着说，一把将老猪从地上拉起。

老猪摸了摸头，果然完好无损地还在自己的脖子上，高兴得连声叫好。但是，他猛地又想到了那只大老虎，连声叫道："老虎、老虎，快跑！"说完，拔腿又想跑了。

孙悟空赶忙将他拖住，说："你回头瞧瞧！"

老猪回头一瞧，只见老虎已倒在地上死掉了。他丈二和尚摸不着头脑，马上却又神气起来："你瞧瞧，这大老虎被我一拳打死了。"

孙悟空用金箍棒朝他的大鼻子重重一点，说道："你还要吹牛！这次要不是俺老孙及时赶来，你早就被老虎饱餐一顿了。"

猪呆子忽然明白过来，刚才在路上碰到的那根金光闪闪的棒儿，不就是老孙的金箍棒嘛！

从此以后，师徒们都叫他猪三戒了。

这次，孙悟空为老猪编了一首歌：

老猪头大——不聪明；
老猪耳大——不灵敏；
老猪鼻大——不中用；
试看老猪今后在人前，
还敢吹牛不吹牛！

004 戒猜疑

秋天是丰收的季节，到处充满着欢声笑语。

这一天，风和日丽，猪三戒兴致勃勃地到树林里闲走，忽然听见前面有一阵锣鼓声。

这是为什么？

老猪侧耳细听了一下，好像是演戏的锣鼓声。

老猪兴冲冲地向锣鼓声的方向奔去，果然看见广场上人头攒动，好不热闹。老猪挤进人群向舞台上一瞧，台上正演着《猪八吃西瓜》这个节目。

舞台上乐声悠扬，扮演猪八的演员正在做精彩的表演。猪八又懒又馋，正捧着一个大西瓜，坐在一棵树下大嚼。他一面吃，一面把西瓜皮掷在地上。他在台上走来走去，忽然被一块西瓜皮滑倒了。猪八痛得哇哇大叫，台下的观众哈哈大笑。

观众甲高兴得大叫起来：“猪八自作自受，摔得好！”

台上的猪八从地上爬起来以后，恶狠狠地骂道：“谁家小子把这块西瓜皮丢在地上，害得我老猪屁股都摔痛了！”

台下观众又笑又叫：“你是‘猪八倒打一耙’！这西瓜皮都是你自己丢的！”

台上的猪八摇摇头说：“这害人的东西，有朝一日被老猪碰见，一定要跟他评评理。吃西瓜，怎能把西瓜皮到处乱丢呢？这真是太不讲文明了！”

猪八说罢，又啃起西瓜来了。他一边走，一边又把西瓜皮乱丢在地上。他一次又一次地摔倒在地，同时，一次又一次地咒骂那个丢西瓜皮的人。

台上精彩动人的表演，赢得了台下观众雷鸣般的掌声。哪知在热烈的鼓掌声中，台下那位猪三戒早就按捺不住了。他纵身跳上舞台，一把揪住台上的猪八，怒道：“你这不是存心丑化我老猪吗！我一不乱丢西瓜皮，二不倒打一耙，三没有摔倒在地上……你……你这不是存心败坏我老猪的名声又是什么？你说，你说！”

台上猪八据理说道：“老猪大哥，这是演戏，不是演你。”

老猪怒气未消：“你不演我，又演谁？你瞧你这副蠢相，又懒又馋，实在叫人讨厌。难道我是这副模样吗？”

猪八说：“唉唉，这是演戏，老兄，你可不能‘对号入座’呀！”

“啥叫‘对号入座’？”老猪越说越火，“不管你演戏不演戏，总之，过去我又懒又馋，但这都是过去的事了。现在我既不懒，又不馋，更不蠢……”

老猪怒火中烧，越说越气，拿起九齿钉耙，就朝猪八身上猛打过去。台上猪八哪肯罢休，也拿起九齿钉耙招架。二人在舞台上大打出手。

猪三戒愚蠢而又野蛮的行为，立即激怒了台下的观众，不少观众一齐涌上台来劝架。哪知猪三戒怒气未消，还扭住猪八不放。激怒的观众只好把老猪按倒在地，用绳子把他捆绑了起来。

观众乙说："猪悟能，你无事生非，简直岂有此理！"

猪三戒叫道："不，我现在不叫猪悟能了。我过去又懒又馋、又爱吹牛，现在改名儿叫猪三戒了。"

观众丙叫道："好哇，台上演的是猪八，你是猪三戒，这跟你有什么相干？"

"怎么不相干？"老猪争辩说，"猪八也罢，猪三戒也罢，反正都是猪，是猪就是我。"

老猪的蠢话，引得观众哄笑起来。姑娘们更笑得前仰后合，直不起腰来。

一个俊秀姑娘嚷了起来："你胡说，瞎猜疑！"

老猪见连小姑娘也批评了他的不足，开始感到自己理亏了，便低着头说："看来，是我犯了猜疑病了。"

观众见老猪已经认错，就给他松了绑。

之后，不知哪位好事的观众，给他编了一首歌，很快就传开了。歌词如下：

猪悟能，真无能。
一贪嘴，变一戒；
二懒惰，变二戒；

三吹牛，变三戒；
四猜疑，变四戒；
一下变四戒，
人人都说怪。
今后变几戒，
要问猪四戒。

005 戒啰唆

老猪不知从什么时候起，变成了一个爱唠唠叨叨说废话的人。

故事发生在初冬的一天傍晚。彩霞染红了西半天，山坡边上有一座孤零零的大房子，猪四戒迈开大步正急急朝那座房子的方向走去。

突然——那座房子起火了。

老猪见此情景，惊得目瞪口呆，不知所措了。

这时候，房主人——一个五十来岁的男子，从燃烧着的房子里奔了出来。他见了老猪，忙叫了起来：“猪大哥，你来得正好，请你快到村里去喊人，帮我来救火。快！快！”

房主人说罢，就拿起水桶要去担水救火，可是老猪却拉着他问道：“我问你，你要我去叫多少人来救火呀?”

“有多少人叫多少人吧。”房主人急急忙忙地说。

“那么，男人、女人都叫来吗?”

房主人急死了：“那还用说?”

可是，老猪还要问问清楚："那么，我再问你一句，老人、小孩要不要叫来呢?"

"少废话！老人、小孩叫来干什么！你这呆子，快去快回吧！"

这一下，猪呆子发火了，倒要跟房主人辩辩清楚："什么？你骂我是呆子，我到底呆在哪里？你为什么无故骂人？我老猪……"

房主人赶紧截断他的话，说："好了，好了，我现在没工夫跟你辩论，我骂人，我不对。但我求求你了，快跑到村里去叫人吧！"

老猪这才转过身来，往村里的方向奔去。可是，他奔出去没有几步，又转身跑回来问道："我再问问你，你叫什么名字？年龄有多大？家中还有几口人？除你以外还有谁……"

房主人在烈火浓烟中听了老猪的一片废话，不觉发起怒来："你这老猪，如此啰唆，你没看见房子都快被火吞没了！你问这么多废话干啥?"说罢，房主人用水桶向老猪头上泼去，这才使老猪的头脑清醒了一些。

老猪急急忙忙向村子里跑去，跑到村口他就舞着双手大叫起来："不好了，不好了！"

人们都围了上来，七嘴八舌地问开了：

"什么事不好了?"

"老猪，你快说呀！"

"你倒是快说呀！"

老猪说："村外那座房子，房主人看来年纪不轻了，到底几岁我也没向他打听明白，大概有五十来岁了，这是我猜想的，不一定对；再说到他的名字，他也没有告诉我。至于他有没有结婚，我不清楚。他家里有几个人，我也不清楚……”

老猪还要啰唆下去，周围的群众早就不耐烦了。

“这些废话说它干啥？你刚才说不好了，谁不好了？到底是怎么回事？你快说呀！”村民甲叫道。

“我不曾说那房主人不好，”老猪涨红了脸说，“我得先向你们大家声明，我跟他平日素不相识，既无仇，又无恨，也没有吵过架。不过他刚才对我说了句‘你这呆子’，我火了，我就要跟他辩辩清楚，到底我呆在哪里？到底是我呆还是他呆……”

村民乙是个急性子，他上前一把拉住猪呆子的耳朵说：“他叫你来干啥?你倒是好好说清楚呀！真是个十足的呆子！”

老猪立即又火了：“什么?你也骂我是呆子！而且是十足的呆子，好哇，到底你呆还是我呆，我现在就先跟你辩个明白……”

村民丙嚷了起来：“好了，好了，现在没工夫开辩论会。就算你老猪最聪明。到底是怎么回事？你快说吧！”

“他叫我到村里来叫人，我问他要叫多少人，他说有多少就叫多少。我又问他是不是男人女人都叫来，他说……”

真急人！村民丁跳到老猪面前大叫起来：“你只要回答这一句：叫去干啥?”

可是，你急他不急。瞧他又慢条斯理地说着：“你先别急，我要把事情的经过原原本本讲讲清楚。我又问他老人、小孩要不要叫来，他说……”

村民乙早就按捺不住了。他怒冲冲上前去在老猪的脸上狠狠拧了一把，说：“别再啰唆，快回答，他叫你来干啥？”

这一拧，老猪的脑子才清醒过来，吐出来两个字：“救——火！”

村民们一听救火二字，无论大人、小孩、男人、女人都急急忙忙向村外奔去，老猪也急急忙忙在后面跟着……

翻过了那个小山头，才远远望见那座大房子还在燃烧着……

等他们跑到现场，那座大房子已经完全变成一片废墟了。那房主人正坐在瓦砾堆上唉声叹气呢。

房主人一见猪呆子，不由得大怒起来：“都是你说话啰唆，耽误了时间，害得我好苦！”

老猪也发火了：“啥？你说我害了你？我害了你什么了？天呐！这没良心的老头，我为你喊来了这么一大批人，你还骂我说话啰唆，这真是‘狗咬吕洞宾，不识好人心’。好！你们大家都在场，我要把这件事的前前后后，从头到尾，一字不漏地讲讲清楚。到底我错还是他错。事情的经过是这样的……”

老猪在唾沫四溅地讲话，可是谁也不理睬他。这时候，从人群中钻出了一个小娃娃。他跑到老猪的面前，唱了一首《啰唆歌》：

猪五戒，真啰唆，
啰啰唆唆，唆唆啰啰，
啰里啰唆，啰里啰唆，

说了半天，还是啰唆，
啰唆啰唆，害人匪浅，
啰唆啰唆，房子烧光。

从此，猪五戒的名声马上传开了。

006 戒骄傲

猪五戒虽然没有什么本事，可是他的骄傲是出了名的。为此，他后来变成了猪六戒。

故事得从头说起。

初春。大地回暖，百鸟声喧。白桦树林里的飞禽要举行一次“迎春歌舞比赛”。喜鹊受大家的委托，特来邀请猪五戒去当评判员。

喜鹊飞到老猪面前叫道：“嘻嘻，猪哥，听说你演出过吃西瓜这一段戏，十分精彩。你真是一位天才演员呢。现在请你去当我们歌舞比赛的评判员吧！”

老猪听了暗暗奸笑。他从来没演过戏，那吃西瓜的表演也不是他表演的，而是猪八表演的。可是他想：演戏就是跳跳蹦蹦，说说唱唱而已，有什么难呀？当评判员只要指指点点，那就更容易了。

老猪立即摆出一副权威的架势，答道：“你们请我当评判员，我很高兴。”

喜鹊在前面带路，老猪扬扬自得地跟在后面走着……老猪到了比赛场上，鸟儿们唱着动听悦耳的歌儿热烈欢迎他的到来。老猪更加得意起来，肚子鼓得更高了。

他坐在评判席上，环视了一周，向大家微微点头说：“嗯，比赛开始吧！”

第一个上台表演的是安博鸟的舞蹈。她的舞姿博得了全场热烈的掌声。

然而，老猪大摇其头。

黄莺问道：“猪兄，你看安博鸟跳得可好？”

老猪回答十分干脆：“一点儿也不好。问题是：她没有尾巴，圆圆的屁股露在外面，这哪像是鸟！形象太难看，太难看了！”

喜鹊马上跟着老猪的腔调说：“嘻嘻，猪兄说得有理。没尾巴的鸟，一辈子也成不了舞蹈演员。”

老猪见有人支持他，更加趾高气扬起来。

第二个上台表演的是八哥儿的独唱。

八哥儿的美妙歌喉，也博得了全场观众热烈的喝彩。可是，老猪仍是摇摇头。

黄莺问道：“八哥儿的歌声总不错了吧？他是有名的歌唱家。”

“不见得，不见得。八哥儿的歌声主要缺点是：依样画葫芦，没有独创性。再说，他的羽毛黑得像乌鸦，实在不美观。”老猪振振有词地说着。

喜鹊马上跟着叫了起来：“嘻嘻，八哥、八哥不会唱歌；嘻嘻，他哪里能算歌唱家呢?”

再下面的节目是孔雀的舞蹈。孔雀的羽毛鲜艳夺目，舞姿十分优美，特别是他的“开屏”，更是赢得了满堂喝彩。可是，老猪仍然摇摇头。

八哥儿飞到老猪的肩上，问道：“你为什么又摇头?”

“理由很简单：孔雀的羽毛虽然美丽，跳起舞来也还过得去，只是，他是个哑巴。我还从来没有听到过他的歌唱呢！”

喜鹊又帮腔叫了起来：“嘻嘻，说得对；嘻嘻，说得对。孔雀是‘美丽的哑巴’。有谁听过他歌唱呢！老猪说得有理。”

这一下，老猪更是以权威自居了。

再下面的节目是：丹顶鹤的舞蹈，黄莺的歌唱，雉鸡的飞舞，等等。老猪看了无不摇头。

这时候，该轮到：喜鹊表演了。

喜鹊既不会歌，也不会舞。他来到台上，翘着尾巴，东跳跳，西蹦蹦。然后唱道：

喜喜喜，鹊鹊鹊，
喜喜喜，鹊鹊鹊；
鹊鹊鹊，喜喜喜，
鹊鹊鹊，喜喜喜。

台下的观众都哄笑起来。

八哥儿停在老猪的大鼻子上，问道：“猪兄，你以为喜鹊的表演如何?”

老猪迟疑了半晌，说：“这个嘛——既不好看——”

“还有呢？”八哥儿啄了一下他的鼻毛，紧追着问。

“这个嘛——也不难看。”

老猪的答话，引得全场骚动起来。

孔雀走到老猪的面前说：“猪大哥，今天参加的比赛节目，你说这个不行，那个不好，究竟谁的最好？”

老猪不声响了。

丹顶鹤也叫了起来：“你是评判员先生，谁最好，你总得表个态呀。”

全场哄叫了起来：“对呀，你总得发表个意见吧。”

老猪仍然不响。

黄莺和八哥儿同时叫了起来：“快说，快说！”

老猪支支吾吾地说：“据我看来，一个也不好！”

这一下，台下的观众闹开了，又是叫，又是喊的。

雉鸡开口了：“他说我们都不行，请他在台上表演一个节目，给我们瞧瞧！”

全场观众齐声叫好。

喜鹊飞到老猪的头顶上叫道：“嘻嘻，猪兄来一个！嘻嘻，猪兄来一个！”

于是乎，大家七手八脚地把老猪推上舞台。

老猪到了台上，不慌不忙地向全场扫了一眼说：“我先跳个舞，行吗？”

“行，行。”大伙儿一齐叫道。

老猪挺着大肚子，扭着大屁股，东扭西扭，丑态百出，引起全场大笑。

这呆子以为大家为他喝彩，跳得更加起劲，直跳得头上冒热汗。

八哥儿忽然叫了起来："再请猪兄唱个歌！"

全场叫好，一片沸腾。

喜鹊马上飞到老猪的耳朵上说："嘻嘻，猪兄唱个歌！嘻嘻，猪兄唱个歌！"

老猪一直以为自己的嗓音比谁都高明。他清了清嗓子，然后放开喉咙，大唱了起来：

咕噜噜，咕噜噜，
咕噜噜，咕噜噜；
噜噜咕，噜噜咕，
噜咕噜，噜咕噜。

全场哗然："这叫什么歌了"

老猪挺着大肚子说："这叫《猪歌》！是全世界最好听的歌！"

观众们拥上舞台，七手八脚地把老猪轰下台来。

雉鸡啄着老猪的腿说："回你的老家去唱《猪歌》吧！"

黄莺跳到老猪的鼻子尖上叫道："世界上最难听的歌，就数《猪歌》了。"

八哥儿飞到老猪的头上叫道："猪歌，猪歌，原来是猪叫：咕噜噜。咕噜噜。"

八哥儿学得那么逼真，全场大笑不止。

老猪摇摆着大脑袋说："唉唉，你们懂什么音乐呀！真是对牛弹琴！"

老猪一个劲儿唱着他的《猪歌》，唱着、唱着，就回到了庙里。他把刚才发生的事向师父、师兄弟们叙述了一番。大家不但没有赞扬他，反而狠狠地批评了他。

唐僧说："徒儿，你凭什么本事到处摆骄傲？"

沙和尚说："你那首《猪歌》既不好听，也没有一点儿意思，算什么歌？"

孙悟空更是不留情面："你这黑胖子，扭着大屁股，唱着《猪歌》，像个啥样子？"

老猪经他们点拨以后，也有所醒悟了。他低着头说："那么——你们今后就叫我猪六戒吧！"

007 戒妒忌

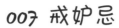

人们都说孙悟空的本领大，何况孙悟空还多次救过老猪的性命，可是老猪心里一直不服气。他暗暗下了一个决心：一定要用最简便的方法，学会一项真本领来显示显示自己的能耐。

这是初夏的一天。杨柳依依，绿水盈盈。

老猪出门溜达，瞧见广场上有一位江湖艺人赤着胳膊在表演气功。只见那位江湖艺人拿起了一块砖头，朝自己头上一碰，那块砖头很快就一分为二。围观的群众都齐声喝彩。

老猪见了十分好奇，他想：这块砖头怎么会经不起一碰就碎了？也许是江湖艺人特制的。他在路边乱石堆中拾起一块砖头，走到江湖艺人的面前喊道："喂，你试试这块砖头。"

那位江湖艺人拿起老猪手中的砖头，屏住气在头上轻轻碰了一下，砖头立即碎了。围观的群众又齐声叫好。

老猪觉得这玩意儿挺有意思，也挺容易招人喝彩的。他心里暗暗想道：我的猪头比人头大得多，也硬得多，既然人头可以把砖头碰碎，我这个大猪头难道就不能把砖头碰碎吗？猪头比猴头更大，而且也更硬，哼，这一下……

他越想越得意。乐滋滋地回到住处，马上把师父唐僧、师兄孙悟空、师弟沙和尚叫到面前。那老猪放开嗓门大叫起来："师父、师兄弟们，平日里你们都看不起我，今天我要让你们瞧瞧我的真本领。"

唐僧师徒三人一时摸不着头脑，不知这呆子又要干出什么傻事来。只见老猪脱下袈裟，又脱去上衣，光着上身。孙悟空眨着猴眼，惊叫道："呆子，你赤膊上阵，准备跟谁干呀?"

老猪一言不发，随手从地上拾起一块砖头。

唐僧奇怪地喝道："徒儿，你这是干什么？你拿起砖头准备跟谁打架?"

孙悟空也被他搞迷糊了："这呆子今天又要发呆病了。"

沙和尚也摸不着头脑："这黑胖子今天居然要赤膊上阵，大干一场了。"

老猪大喊一声："你们看着，我可以用我的猪头，一下子把这块砖头碰得粉碎。你们谁敢出来跟我比一比?"

唐僧一见老猪的傻劲，忙问道："徒儿，你干得了吗?"

"干得了。"老猪叫道，"你们都说孙悟空本领大，我偏不信。难道我样样不如他吗?至少我的头比他的大、比他的硬。"

沙和尚见他尽说傻话，就劝他道："猪老兄，碰砖头不是开玩笑的。你学过气功吗?"

"什么气功不气功！"老猪气呼呼地说，根本不把沙和尚放在眼里，"你老沙懂得什么呢?你的本领不就是挑挑行李担吗?你敢来碰碰这块砖头?"

"我不敢！"沙和尚老老实实地说。

老猪又转过身来问孙悟空："你这猴头，也敢来碰碰吗?"

“我不敢。猴头哪有你这猪头硬！”悟空说道。

“师父，你呢?”老猪得意扬扬地问道。

唐僧如实地告诉他：“我不敢。”

老猪于是更加得意起来。他高高举起砖头，朝自己头上一碰，哪知砖头没有碰碎，他的猪头倒碰痛了。

“哇呀呀！”他痛得直叫喊。

“阿弥陀佛，徒儿住手。”唐僧急得叫了起来。

老猪以为自己忘了屏气，才没有把砖头碰碎。他忍住痛，屏住气，大叫道：“你们瞧着！于是又狠狠朝自己头上碰去。天哪！砖头没碰碎，猪头上却起了一个大疙瘩。

唐僧又叫了起来：“阿弥陀佛，你别碰了吧！”

老猪真是骑虎难下了，非干到底不可。他想也许自己的力气太小，用力不够，又大叫道：“你们别急，看我的。”于是，狠命举起砖头朝自己头上猛一击。这一下，猪头碰得头破血流，只痛得他抱头大叫，砖头却依然完好无损。

孙悟空和沙和尚见傻子干了这件傻事，都禁不住笑了起来。

老猪气极了，他想这块砖头一定特别坚硬，要不，他早就把它碰碎了。他用手捂着伤口叫道：“我上了这块砖头的当了。猴头，你甭笑了，你敢试一试吗?”

老孙二话没说，拿起地上的那块砖头，朝头上轻轻一碰，就把砖头碰碎了。

老猪气得大叫起来：“哼，连这块砖头也欺侮我老猪，真是岂有此理！”

“这不是砖头欺侮你，而是你的功夫学得不到家。”唐僧规劝道。

“你平时妒忌成性，从不虚心向大哥学习，你的本领怎么会提高呢？”沙和尚说道。

老猪听了沙和尚的话，更加怒火中烧，叫道：“你老沙敢来碰一碰吗？”

沙和尚摇摇头说：“我没学过气功，怎能轻易把砖头碰碎？”

“你没有本事就靠边儿站。”老猪说罢，又从地上拾起一块砖头，唐僧急得大叫起来：“徒儿住手！”说时迟、那时快，猪呆子早赌着气，朝头上狠命一碰。这一次，吃了大苦头，头上碰出了一个大窟窿，血流如注，痛得他昏死了过去。

唐僧、孙悟空、沙和尚七手八脚把大猪头包扎了起来。过了好一会儿，老猪才慢慢睁开了眼睛。唐僧给他念了一首歌：

徒儿碰砖头，
头上起疙瘩；
还要不相信，
再来碰两次；
流血如水注，
痛得喊娘亲；
从此记教训，
再不妒别人。

老猪听罢，轻轻地说道：“以后你们就叫我猪七戒吧，我一定要以此为戒！”

008 戒说谎

高山、流水。

傍晚，西天抹上了一片落日的余晖。归巢的鸟雀纷纷向森林飞去。

这一天，唐僧师徒四人走了整整一天，还没有吃过东西，大家腹中饥饿难熬。老猪更是饿得发慌，嘴里涎水直往下流。

他们来到一座小庙，歇了下来。唐僧对老猪说道：“徒儿，你能给我们找些东西来吃吗?”

老猪一听说找吃的，马上眉开眼笑了，说道：“我老猪干别的事也许不行，找吃的，我还有一手。”

沙和尚见他又要吹牛，忙阻止他道：“老猪，你先不要夸口，等找到了吃的，再吹不迟。”

老猪翘着鼻子说：“我老猪虽然算不得聪明，但比起你沙和尚来恐怕还是要聪明一些。”

孙悟空听得不耐烦了，提醒他道：“呆子，你不用多啰嗦，快些找东西来吃便是。你路上且小心，莫被妖精迷住了。”

老猪扑哧一声，笑了起来：“啊哈，你说哪里话来，我老猪从来没被什么妖精迷住过。你们等着瞧吧！”

老猪大步流星地出发了，不知不觉走到一处奇山怪石的地方。他往前瞧了一瞧，只见黑压压的一片原始森林，周围看不到一户人家。老猪心里倒有些着急起来。

正在这时，忽然传来了一阵优美动听的姑娘的歌声：

啊——
太阳快下山啦，
姑娘采桃忙啊，
桃子送给谁呀？
送情郎呀！
送情郎呀！

这是谁在唱歌？唱得那么好听！

老猪正在纳闷，忽然从一棵大树后面闪出一位如天仙般美丽的姑娘来。她那双水灵灵的眼睛，一下子把老猪吸引住了。

这呆子又惊又喜。在这深山老林里，竟有这样如花似玉的姑娘，岂不妙哉！

他拍着双手、跳着双脚，唤道：“妙呀，妙呀！”他走上前去，双手合十，作了一个揖，道：“阿弥陀佛，小姑娘的歌声真是美哉呀美哉！小姑娘，你一个人在这里干什么？”

这美姑娘举着手中的一篮桃子，笑盈盈地向前走来。她轻声细语地说："我在这里摘桃子呢，你看看，这是多好的桃子啊！"

真是天晓得！这里连一株桃树的影儿也没有，哪儿来的桃子?但老猪听了这姑娘银铃似的嗓音，骨头早就酥软下来了。他眯着眼睛说："小姑娘，我可以尝尝你的桃子吗?"

"谁说不可以呀！要是您喜欢，您就尽量吃吧！"说罢，美姑娘把这篮桃子交给老猪。老猪接过桃子，心花怒放，口水直流。

这胖子坐在路旁一块大石头上，一连吃了十只桃子。他赞不绝口地叫道："妙哉妙哉！这桃子太鲜太甜了。"

美姑娘笑盈盈地坐到老猪的身旁，盯着他的大鼻子说："真的好吃?"

"确实好吃，确实好吃。"老猪昏昏然地说，"我这一生一世，还没有吃过这样鲜美的桃子呢！"

老猪紧挨着美姑娘坐着，乐不可支，忘乎所以。

美姑娘娇声娇气地说道："猪师父，您把这篮桃子快带回去，给您的师父和师兄弟们吃吧！"说罢，美姑娘对他嫣然一笑，随即飘然而去。

老猪神魂颠倒，不知不觉沉浸在甜美的梦中。他梦见美姑娘拿着一个桃子，放进他的大嘴里，他笑得眼睛眯成了一条线……

老猪迷迷糊糊醒来，美姑娘的影子早已不见了。他昏头昏脑，闹不清刚才这场艳遇是真还是假?他更闹不清美姑娘是何等人物?为什么住在这深山老林里?为什么要送他这一篮又鲜又甜的桃子?为什么她知道师父、师兄弟他们?为什么她知道该叫他猪师父?又为什么她一下子不见了……对于这么多的"为什么"，老猪连想都不想，就昏昏沉沉拿起篮子往回走了。

他走在弯弯曲曲的羊肠小道上，内心充满了无限的喜悦。

在这条回去的路上，一只花蝴蝶老在他面前转悠，一会儿东，一会儿西，一会儿在眼前，一会儿又进了他的鼻孔，真是讨厌死了。他恶狠狠地骂道：“你这小小蝴蝶，还想吃我的桃子不成?呸！想得倒美！”

花蝴蝶在老猪头上转了一圈，飞走了。

老猪大摇大摆地回到了小庙，头一个迎上前来的是沙和尚。老猪神气十足地高声叫道：“和尚，快来看看我手中拿的是什么?”

“这不是一篮鲜桃吗?”沙和尚又惊又喜地说着。

孙悟空迎面走来，也高兴地叫了起来：“老猪真不简单，你在哪里弄来了这篮桃子?”

老猪不理睬他们俩，只顾自己说道：“你这泼猴，瞧瞧这桃子比你在蟠桃会上偷吃的还要好上千万倍呢！”

孙悟空听了暗自发笑。

老猪转身来对唐僧说道：“师父，你看我老猪搞吃的本领还不差吧?”

唐僧也高兴地拍手说道：“徒儿休得夸口，快拿来给我吃！”

唐僧正要拿起桃子来吃，孙悟空连忙上前阻拦道：“师父莫吃，让我先问问他这篮桃子究竟是怎么得来的?”孙悟空转身向老猪问道：“你这篮桃子怎么得来的?”

“从深山老林里采来的。”

“深山老林有桃树吗?”

“这——”老猪停了一下，继而说道，“深山老林里为什么不能有桃树?那里桃树多得很！”

“你尝过这桃子吗?”

“没有。”

“难道一个也没有尝过吗?”

“连半个也没有。”

“那么，你怎么知道这桃子的味道比蟠桃会上的还好吃?”

“这个——我是猜想的。”老猪自以为聪明地答道。

“那么，我再问你，你在深山老林遇见过谁?”

“这个——一个人也没碰见。”老猪有点心慌起来。

沙和尚听不下去了，对老猪叫道：“什么这个那个的，我看你说话吞吞吐吐的，很不老实。”

“你老沙不要冤枉好人。我老猪素来老老实实。”老猪分辩道。

孙悟空又紧追着问：“一个美美的姑娘也没碰见吗?”

“这个——”老猪心里凉了半截，一时说不出话。但他硬着头皮，继续分辩说：“深山老林哪里来的美姑娘?”

“你说的话句句可是真的?”

“句句是真的，一字也不假！”

“你还碰见了什么东西?”老孙又紧追着问道。

“啥也没碰见。”老猪可是有点火了。

“那么，一只花蝴蝶也没碰见吗?”

“这个——也没有看见。”老猪一下子心慌意乱起来：这猴头怎么知道还有一只花蝴蝶！

沙和尚见老猪说话含含糊糊的，大声叫道：“什么这个那个的，我看你说的全是谎话！”

老猪慌了手脚，但他硬着头皮顶到底说：“不，不，不！苍天在上，我老猪说的，向来是一句不假，一字不差！”

老猪的话音刚落，说时迟，那时快，他的肚子大痛起来。他痛得滚在地上哇哇大叫，难以忍受。“啊呀呀，痛死我了！痛死我了！”

孙悟空再追问一句：“你对花蝴蝶说过话吗?”

这傻瓜，要傻到底啦：“这——我没有说。啊哟哟，痛死我了！”他在地上滚着、喊着。

孙悟空又问：“‘你这小小蝴蝶，还想吃我的桃子不成?呸！想得倒美！’这句话可是你讲的?”

“这——”老猪无话可说了。

老猪知道事已败露，如果再说谎下去，必痛死无疑。他终于老实交代说：“是我讲的。孙师兄救我一命。啊，痛死我了，痛死我了！”

这可怜的老猪痛得冷汗直流，气息奄奄。

唐僧顿着足说：“徒儿，你早就该说老实话了。”

孙悟空严肃地向他指出：“你上了美女蛇的当还不知道呢，还尽说假话！”

老猪闻言，大惊失色，叫道：“这是真的吗?这美姑娘会是美女蛇吗?”

孙悟空把美姑娘送给他桃子的过程一一叙述了一遍，这呆子这时候突然从口中呕出了许多条蜈蚣、蜥蜴、蜘蛛等毒虫，才完全相信自己上当了。

可是有一个问题，老猪还不明白："这美姑娘现在何处?"

孙悟空不声不响把美女蛇从一块大石下面拉了出来，放在老猪的面前。老猪亲眼看到了那个美姑娘的头和她的蛇身，不由得大吃一惊，暗暗叫苦。

这时候他的肚子又痛了起来，他向老孙求饶道："好猴哥救我，下次我再也不敢说慌了。啊呀，啊呀！痛死我了！"

孙悟空想到刚才的情形，还很生气，不愿意理他。

沙和尚说："这老猪总是喜欢讲假话，应该让他吃吃苦头。"

老猪急叫起来："这次我一定改了。沙老弟，你救我一命，啊呀，啊呀！痛死我老猪了，痛死我老猪了！"

老猪转身又向师父求情道："师父，你救救我这个徒儿，下次我再也不敢了。"

唐僧见此情景，心马上就软下来了，对孙悟空说："阿弥陀佛，不看僧面看佛面，出家人以慈悲为怀，行善为本。徒儿既已认错，就饶了他这一次吧！"唐僧转身来又对老猪说道："但你要知道，若不是孙悟空变成花蝴蝶，早跟在你的后面，及时识破了美女蛇的真面目，并将她降服，我也几乎被你蒙骗了。"

孙悟空见师父唐僧为老猪说情，心也就软了下来。他从身上拔下一根猴毛，吹了—下，立即变成了一颗神奇的药丸。他当即要老猪服下，说也奇怪，老猪顿时又从口中吐出了一大堆毒虫，他的肚子马上就不痛了。

这时候，唐僧正色说道："七戒，你毛病太多，今后该叫你什么?你自己说吧！"

“八戒，八戒，八戒！”老猪一连大叫了三声。

唐僧正色说道：“八戒徒儿，以后不可再改名字了，你今后时时记住八戒二字，就会少犯错误。阿弥陀佛，善哉善哉！”

从此以后，猪八戒的名声就传开了。人们还专门为他编了一首《猪八戒之歌》：

有个猪八戒，本名猪悟能。
馋嘴又贪吃，改名猪一戒；
懒惰把身伤，又改猪二戒；
胡吹乱弹琴，更名猪三戒；
胡乱瞎猜疑，易名猪四戒；
啰唆坏大事，又唤猪五戒；
盲目摆骄傲，唤作猪六戒；
存心妒别人，又名猪七戒；
谎话连篇造，从此变八戒。
以后变个啥，只有他知道！

第二部

猪八戒的新趣闻

小引

猪八戒有了以上的一段经历以后，他是不是马上改好了呢？

不，他没有改好。

他的缺点依然不少，有些错误还犯得更严重了。

由此可见，改正缺点或错误，不是那么容易的。如果没有下很大决心，那是很难办到的。

下面就是他的形形色色的传奇故事……

001 砸镜子

猪八戒一直以为自己长得很美：第一脑袋大，第二耳朵大，第三鼻子大，第四嘴巴大。

一天，猪八戒问唐僧："师父呀，人们说我长得难看，你说，我到底好看不好看？"

唐僧说："师父哪管你好看不好看，去问问你的师兄弟吧。"

猪八戒找到沙和尚问："我长得是不是比你好看？"

沙和尚听了，哈哈大笑起来："你去照照镜子吧！"

猪八戒从来没有照过镜子，他觉得沙和尚头脑简单，没啥好说的，就不高兴地走了。

猪八戒急急忙忙地往前走，正好撞在孙悟空的怀里。猪八戒问："老孙，我长得是不是比你们都好看？"

孙悟空说；"你不但耳朵不好看，就是鼻子、嘴巴、脑袋，全都不好看。"

猪八戒气坏了，他摆动着大脑袋："胡说，你这猴头，全身是毛，才不好看呢！”

孙悟空笑了笑说：“我拿面镜子给你照照。”说完，悟空从身上拔下一根毛，呼的一吹，猴毛变成了一面镜子。

猪八戒抢过镜子，左看看，右瞧瞧，自言自语地说：“我真有那么丑吗?”

“你的的确确是个丑八戒！”悟空说。

猪八戒越看越气，挥起钉耙，把镜子打得粉碎。

从此以后，猪八戒再也不肯照镜子了。

002 相熊猫

猪八戒摔破镜子以后，碰到过不少动物，他看来看去，还是觉得没有谁比他更漂亮的了。他想：世界上除了我八戒，怎么没有好看的动物呀？

有一天，小白兔跑来告诉他说：“动物园里新来了一只大熊猫，他是世界上最珍贵的动物，样子十分可爱，胖乎乎的身子，黑黑的眼圈，有趣极了。”

过了一会儿，鹁鸪鸟飞来告诉他说：“咕咕咕，大熊猫会翻跟头，咕咕咕，大熊猫会走钢丝，本领可大呢。”

这时，长颈鹿也跑来对他说：“你去看看吧，大熊猫会打篮球，会滑滑梯，会吹喇叭，真聪明啊！”

猪八戒从来没有看见过大熊猫，情况到底怎样?他决定亲自去看看大熊猫到底好看不好看，本领是不是真的很大。

猪八戒兴冲冲地来到动物园的熊猫馆，果然看到了一只胖乎乎的大熊猫，正抱着一只花皮球在地上翻跟头。猪八戒看了摇摇头，皱着眉说：“翻跟头有什么稀奇，我老猪比他翻得还好呢！”

猪八戒对大熊猫瞧了又瞧，觉得并没有像大家所说的那样好看。大熊猫表演了走钢丝、打篮球、吹喇叭等节目，围观的大人小孩都拍手叫好。猪八戒哼着鼻子说：“这有什么了不起！”

猪八戒扇着大耳朵，摇头晃脑地离开了动物园。小白兔、鹁鸪鸟和长颈鹿在路上拦住了猪八戒问道：“你说说，大熊猫是不是长得很好看？表演是不是很精彩？他算不算是世界上的珍贵动物了”

猪八戒扳着指头说：“不见得。第一，他的身体太胖不灵巧；第二，眼圈太黑不美；第三，翻跟头我老猪比他翻得还好；第四，打篮球十投九不中；第五……”

猪八戒最后摇着头说：“总之，他的本领没啥了不起。至于他的样子嘛——哼，既不像熊，又不像猫，所以只好叫他熊猫。哪像我老猪，猪就是猪，毫不含糊！”

老孙递镜子　照见丑大像
八戒恼气怒　一翻把镜砸
甲戌仲春为《猪八戒照镜子》插图
淮安邵华

003 哈哈镜

猪八戒把镜子打破以后，决心不再照镜子了。哪知过了一些日子，米老鼠拿来了一面大哈哈镜，对猪八戒叫道：“八戒，八戒，我这面哈哈镜刚从外国买来，你照照，保证你满意。”

八戒听说是“外国来的”，马上傻笑起来问道：“这面镜子为啥叫作‘哈哈镜’？”

米老鼠摸摸小胡子说：“道理很简单，这面镜子谁照了谁就哈哈大笑，这就叫‘哈哈镜’。”

八戒高兴极了，就拿起那面哈哈镜照了起来，米老鼠问他：“你觉得好笑吗？”

八戒虽然看到自己在镜子里变得又长又丑，心里很恼怒，但还是硬着头皮说：“好笑！好笑！”

米老鼠又说：“你蹲下来再照照，那还要好笑呢！”八戒蹲下来一照，他吃了一惊：“我的脸怎么变得又扁又歪了呢？难道说，我的眼睛有了毛病不成？”

米老鼠走到哈哈镜旁，跟八戒同照着镜子问：“你瞧瞧，好笑吗?”

八戒硬着头皮，装着笑脸说：“好笑，好笑！真好笑！”米老鼠说：“这就叫哈哈镜！你不是也笑了吗?”

米老鼠看见八戒哭笑不得的样子，更加觉得好笑。他摸摸胡子问：“你说说，外国货好吗?”

八戒连忙点头，笑着说：“好！好！这外国货就是好！这哈哈镜把我照得美极了！”

米老鼠听了笑得直不起腰，猪八戒不知道自己上了当，也跟着笑起来：“啊，哈哈哈哈……真是妙不可言的哈哈镜！”

004 漂亮的三色花猫

猪八戒住的那座山神庙里，老鼠闹翻了天。他们不但在夜晚出来吵吵闹闹，偷吃东西，而且在大白天也敢出来跳东跳西。猪八戒对这批可恶的老鼠，真是苦恼万分、毫无办法。

有人告诉他，农夫家里养了三只猫，建议他去要一只。八戒认为这个主意好，就急急忙忙向农夫的家跑去。

猪八戒到了农夫家中，说明了来意，农夫答应了，说：“好的，你自己挑一只吧！”

只见白猫瞪着眼睛对八戒瞧了瞧，理也不理他，只顾自己进里屋捉老鼠去了。

黑猫看见猪八戒，马上拱起了背，对猪八戒竖眉瞪眼的“呜哇、呜哇”直叫。显然，他对这位面貌难看、服装奇怪的客人，表示不欢迎。

长着黑白黄三色的花猫，对猪八戒的态度大不一样。她看见了这位客人，就亲热地走到他的脚边“喵呜、喵呜”地叫得欢。

猪八戒喜出望外，马上把花猫抱在怀里，对农夫叫道：“我喜欢这只，你看她长得多么漂亮，叫得多么讨人喜欢，你愿意送给我吗?”

农夫老实地告诉八戒说：“花猫是一只懒猫，白猫、黑猫倒会捉老鼠呢。”

可是，猪八戒已经被花猫的亲热叫声迷住了，他坚决要花猫，不要白猫和黑猫。农夫没有办法，只好把花猫送给了八戒。

八戒高高兴兴地把花猫捧回庙里，心想，这下可好了，老鼠该不会出来“造反”了吧。哪知，花猫一进庙门，吃饱喝足，就钻到柴火堆里睡觉去了。

猪八戒看着花猫睡觉的样子，越看越喜欢。他轻声呼道：“我的好猫猫，现在你安心睡吧，晚上起来捉老鼠。”

那天晚上，猪八戒睡得特别香甜。快到天亮的时候，猪八戒忽然感到肚子奇痒，睁眼一看，啊，只见十几只老鼠正在他的大肚子上面跳舞呢!

天色大亮，八戒赶忙爬起来，看见花猫正跟老鼠在菜橱里偷吃东西呢!

花猫吃完东西，洗好了脸，马上又跳到猪八戒的脚边，“喵呜、喵呜”地叫起来。猪八戒立即将她抱在怀里，亲着她说：“你叫得多好听，真是我的心肝宝贝！”

猪八戒虽然养了一只花猫，可是山神庙里的大小老鼠却闹得更凶了。

005 变魔术

一天，天气晴好，猪八戒急急忙忙往前赶路，一头撞在魔术师的怀里。

突然，从魔术师的身上飞出两只白鸽来，猪八戒吃了一惊。接着，魔术师又从猪八戒怀里摸出两只白鸽。这样，魔术师的手臂上停着四只鸽子。猪八戒看着看着，一会儿，四只鸽子只有三只了，再一看只有两只了，最后只剩下一只了。

猪八戒不懂这是怎么回事，急忙伸手去抓剩下的那一只白鸽。这时候，魔术师把最后一只鸽子扔向空中，鸽子一会儿就飞得无影无踪了，猪八戒急得大叫起来。

魔术师对猪八戒笑了笑，用手碰了一下他的身子，那只白鸽重新回到了魔术师的手里。接着魔术师又把鸽子向空中扔去，鸽子又飞得无影无踪了。

猪八戒看着这一切，心想：他可以随意变出鸽子来，又可以使鸽子来去没有踪影，难道我老猪就没法变吗?我就是不相信，不服气。

猪八戒立刻到市场买回来一只花鸽子，对魔术师叫道：“你不要得意，戏法人人会变，各有巧妙不同，你能变，难道我就不能变吗？”说完，他马上把鸽子向空中扔去，鸽子很快地飞走了。他得意扬扬地在怀里摸了摸，可是什么也没有摸到。他向天空看去，什么也没有看到。这究竟是怎么回事呀？

猪八戒急得像热锅上的蚂蚁，慌忙朝魔术师的怀里摸去，摸来摸去，还是摸不出鸽子来。他不由得对天长叹了一声：“鸽子啊鸽子，我的鸽子在哪儿？”

对他来说，这是一个解不开的谜啊！

006 吃仙桃

八戒懒惰成性，不是一下子改得了的。为此，他又吃了一次苦头。

有一次，唐僧、孙悟空、沙和尚有事要远行一个月。他们担心猪八戒又懒又馋，这一个月不好对付。

唐僧将孙悟空叫到面前说：“徒儿，我们三人要远行一个月，八戒怎么办？”

孙悟空眯了一下眼睛，说道：“师父莫急，待我去蓬莱山摘三十个仙桃就是了。”说罢，孙悟空翻了个跟头，腾云驾雾而去。

临行前的一个晚上，师徒三人将八戒唤来，唐僧开言道：“八戒，明日一早我们要出发远行，悟空为你摘来了仙桃三十个。你每天吃一个就饱了。”

悟空插嘴道：“这仙桃吃了以后，必须在地里劳动一个时辰，不然你会发胖的。”

八戒听了笑道：“我知道了，你们放心去吧！”

沙僧又嘱咐了一句："孙大哥的话，你要牢记在心啊！"

沙僧的话还未讲完，八戒早就不耐烦了："去，去，去！你沙和尚算老几?何必多言！"

唐僧师徒三人离开住地以后，八戒捧着那三十个仙桃，哈哈大笑起来说："这小小三十个桃子何足惧哉，我老猪一天也可以将它们吃光。"

说也奇怪，八戒吃完了一个仙桃以后，肚子果然饱了起来。可是他懒得要命，哪肯到地里去劳动呢?一个时辰劳动对他来说简直是受罪。他伸了伸懒腰就倒在床上大睡起来。

第二天早上，八戒醒来摸摸自己的肚子，果然大了起来。同时，他饿得发慌，又吞吃了一个仙桃。可是，他仍赖在床上不肯起来劳动。他自言自语说："明天我再劳动吧！"说罢倒头睡去，鼾声大作。

第三天醒来，他吃完了一个仙桃，又说了一句："明天我一定开始劳动。"说完，又睡去了。

一日复一日，半个月过去了，他每天吃一个仙桃，每天躺在床上不劳动，他的身子一天比一天胖。可是，他仍然照吃不误、照睡不误。

一个月快过去了，八戒肥胖的身子终日躺在床上，行动也困难了。

一个月过去了，三十个仙桃都被八戒吃光了。当唐僧师徒三人回到山神庙来的时候，只见八戒的身子重达一千多斤，那木板床早被他肥硕的身子压垮了。他想出门来劳动，可是他那肥胖无比的身体被卡在房门口，动弹不得。

八戒见了唐僧他们三人，忙大呼起来：“师父救我，师兄救我，师弟救我！”

唐僧师徒三人早就料到有这一幕。他们忙将门框拆卸下来，才把八戒救了下来。八戒变成了一只地地道道的大肥猪。

后来，八戒在地里整整劳动了一个月，才将身子恢复到原来的形状。

007 看画

有一次，猪八戒和沙和尚为了一幅画，大吵了起来。

事情是这样的：

那天猪八戒在桌子上看到了一张画，就兴冲冲地跑回来对沙和尚叫道："好画，好画，你快去看看吧！画面上两个人笑得多好。"

沙和尚跑到那里，看了看画，就回来对猪八戒大叫："老猪，你又在说谎了。画面上的两个人明明在吵架，你为什么说他们在笑！"

猪八戒委屈极了，就拉着沙和尚的手，跑到那张桌子旁边。他站在桌子的南边，沙和尚站在桌子的北边，他们同时看着这张画。

猪八戒说："这两个人不是在笑吗？"

沙和尚反驳说："不对，他们在发怒吵架。"

猪八戒大怒："你撒谎！这明明是笑嘛。"

沙和尚大怒："你胡说！这明明是发怒嘛。"

两个人越争越凶，吵得不可开交。这时候，唐僧和孙悟空走了过来，问他们吵什么。

唐僧看了这张画，心里就明白了。

孙悟空在桌子四周转了一圈，也明白了。唐僧说："悟空，这个问题你给他们解决一下吧！"

孙悟空不声不响地带着怒气冲冲的猪八戒和沙和尚，在桌子四周慢悠悠地转了一圈。猪八戒和沙和尚立刻转怒为喜，禁不住哈哈大笑起来。

猪八戒笑着说："沙老弟，你的意见对！"沙和尚也笑着说："猪师兄，你的意见也对！"

亲爱的小朋友，这是怎么一回事呢？

008 想当歌唱家

猪八戒常常有奇思怪想。有一天，他忽然异想天开要当一名歌唱家。因为，他见歌唱家每次演出都受到观众的热烈欢迎、羡慕极了。

他想：“只要功夫深，铁杵磨成针。”这不是人们常说的一句格言吗?于是，他开始每天早晨的练歌行动。

第一天早晨，他练唱的歌声是：“咕噜噜，咕噜噜！”

第二天他练唱的歌声仍然是：“咕噜噜，咕噜噜！”

第三天仍然是：“咕噜噜，咕噜噜！”

八戒好生奇怪，他去向几位歌唱家请教：“我老猪怎么发不出其他声音?”

歌唱家们都好心地劝告他说：“八戒呀，根据你的条件，做一名歌唱家可难着呢！”

八戒坚决不信，他仍然起劲地练着歌。练着、练着，他的歌声稍稍有点变化了。过去他只会唱“咕噜噜，咕噜噜”，如今他会唱“噜噜咕，噜噜咕”了。

他喜出望外，仍然一个劲儿地练着……

唐僧见八戒练得辛苦，劝导他说：“徒儿，你学唱歌不行，还是学别的吧！”

八戒不听。

悟空劝他说道：“八戒，你唱歌没有艺术细胞，为什么要自讨苦吃？”

八戒怒道：“什么细胞不细胞，我的嗓音比你要好。你只会‘哈一哈一哈’！你不行，我比你行。”

沙和尚听了不服气，道：“你这蠢猪，焉能唱歌？休得胡来！”

八戒更加火了：“你老沙算老几？竟敢来批评我，可笑呀可笑！”

他仍然坚持练他的猪歌。

日月如梭，一晃十年过去了。八戒的歌声仍然是：“咕噜噜，咕噜噜，噜噜咕，噜噜咕！”

009 鼻子的故事

人人都知道猪八戒有一个大鼻子，这个大鼻子有个特点：只要他一说谎，大鼻子就会自动缩小。有一次，人们发现他的大鼻子不见了。这是怎么一回事呢？

原来这一年夏天，天气热得厉害，猪八戒走了很长一段路以后，口渴极了。他来到小市镇上，看见前面有一个西瓜摊，可是西瓜摊前面挤满了人，怎么才能先买到西瓜呢？猪八戒想了想，就来到一位妇人面前，说："喂，我肚子痛，你能替我买一个西瓜吗？"说完，他就装做肚子痛的样子喊叫起来。这个妇人一眼看出他是装的，就说："你肚子痛，谁相信？"说也奇怪，八戒的鼻子就变小了一点。

猪八戒又跑到一个小孩子面前，说："小娃娃，我头痛，你替老猪伯伯买一个西瓜吧！"小孩直截了当地说："你说谎！你既不老又没头痛，头痛是假的。你为什么自己不排队？"

这时候，八戒的鼻子又小了一点。但是，他仍不死心，又来到一位老人面前，说：“老头儿，我脚痛，你给我带一个西瓜，怎么样?”老人毫不客气地回答他：“你哪里是脚痛，完全是胡说！你不照顾老人，反而要老人照顾你，这像话吗?”

老猪一连说了三次谎，鼻子一次又一次缩小，可是，他没有觉悟，又跑到一位老太太面前说：“老太婆，我的心痛，我知道你心地善良，替我买一个西瓜吧。”哪知老太太回答得更加干脆：“你怎么知道我心地善良?你不讲礼貌，专讲假话，谁也不会替你买的。”

猪八戒接连碰了几个钉子，没有办法，只好老老实实排在队伍后面买瓜。人们看到他没长鼻子的相貌，都哈哈大笑起来：“看，猪八戒的大鼻子不见了！”

八戒摸摸自己的鼻子，果然没有了。但是，你不用担心，当猪八戒改正错误、不再说谎的时候，他的大鼻子就会长出来了。

010 天国

八戒跟随师父、师兄弟去西天取经的路上，风风雨雨吃了不少苦头。有时饿着肚子，好几天吃不到东西。有时暴风雪袭来，冻得他牙齿发抖，他实在受不了那么多的苦。

这一天，他们走了一百多里的山路，来到一座破庙歇脚。八戒突然对唐僧说道：“师父，天国到底有没有？我能够去天国享福吗？要是我能去天国，我不想再跟你们去西天取经了。”

唐僧问道：“你想到天国去享什么福呢？”

八戒答道：“我想每天吃吃睡睡，什么事儿也不干。”

孙悟空问道：“那么，你每天喜欢吃什么？怎么睡呢？”

“我最喜欢吃西瓜。每餐最好给我一个大而甜的西瓜。至于睡呢，每天最好让我睡在新的稻草上面。”八戒答道。

“那么住呢？”沙和尚问道。

“最好住在一间暖洋洋的小房间里，既不冷，又不热。”

唐僧听罢，拿出一颗药丸说道：“你要到这样的天国，容易办到，今晚你服下这颗药丸，明天醒来以后，你就会在‘天国’

生活了。”

八戒大喜，一口气忙把那颗药丸吞下肚去了。说来奇怪，八戒一吞下药丸，就昏昏沉沉起来。过了一会儿，他就鼾声大作，睡熟了。

当八戒一觉醒来，已是第二天黎明。周围情况大变，他已躺在新铺稻草的床上了。他闻了闻稻草，那是多香的稻草呀！他浑身感到暖洋洋的，玻璃窗外阳光铺地，再也听不到风雨声了。室内陈设豪华。这当儿，他的肚子饿得咕咕直叫。他正担心在这天国里不知吃什么时，那扇房门自动打开了。两位美丽的姑娘，扛着一个大西瓜进来了。八戒心花怒放，很想跟这两位姑娘讲些话儿。可是这两位姑娘脸上毫无表情，也不开口说话。

八戒以为她们是哑吧姑娘。他拿起那个大西瓜，狼吞虎咽地吃了起来。西瓜又甜又脆，真是好极了。这样好的西瓜，他从来没有吃到过。

两位姑娘将地上的瓜皮、瓜子打扫完毕以后，默默地出去了。这时候，一阵优美的音乐声响起。八戒听着那悦耳的乐曲，心潮澎湃，“天国”的生活真是美妙无穷。他抹了抹嘴巴，在新稻草上面翻了个身子，马上又呼呼大睡起来。

一觉醒来，已到午饭时分，肚子又饿了起来。这时候，房门又自动打开，那两位美丽姑娘又抬来一个大西瓜。八戒手舞足蹈，高高兴兴地又将大西瓜吃光了。

下午，八戒又美美睡了一觉，等到夕阳西下时，他又醒来了。两位美丽姑娘又及时抬来一个大西瓜，他又很快把大西瓜吃完了。

晚上，室内灯火辉煌，音乐声四起，八戒兴高采烈地跳起舞来。他不禁纵声高唱道：

天国呀天国，天国美如画，
餐餐有西瓜，八戒好快活！

他跳舞跳累了，又躺在新稻草上面睡着了。

第二天早上，当他在悠扬的乐曲声中醒来时，两位美姑娘扛来了一捆新稻草。她们调换了旧稻草，又默默地离开了。

这一天，他三餐都吃大西瓜，仍然感到美味无穷。

第三天，仍然是三个大西瓜，一捆新稻草。

第四天、第五天，仍然是三个大西瓜，一捆新稻草。

这样过了十天，八戒忽然感到肚子很不舒服，老吃西瓜，这怎么行?天天睡觉，没人谈话，那怎么行?他问问两位姑娘，“天国”可有别的东西好吃？她们只是摇摇头。

一个月快过去了，八戒的肚子越来越不舒服。三个大西瓜每天放在他的面前，他再也不想吃了。

两个月过去了，八戒的房子里堆满了西瓜，他再也没有吃西瓜的胃口了。

他渐渐感到“天国”并不可爱了。他想走出房门去散散心，可是房门紧紧关着，要推也推不开。

他倒在床上唉声叹气，可是他身下的稻草，不知怎的，也跟他作起对来。他浑身又痒又难受。往日的新稻草睡在上面多么舒服，如今，好像稻草堆全生满了跳蚤。

他想推开窗门看看窗外的太阳或风雨，呼吸一下新鲜空气，可是窗门被死死钉住了，怎么也打不开。

屋内依旧温暖如春，他却感到浑身乏力。他脱光衣服在室内走来走去，真想跑到大自然的怀抱，经风雨、见世面，可是他已经被困在“天国”了。

天国呀，天国，原来天国并没有给他带来幸福！

那美妙的音乐还在奏着，他再也听不下去了。他捂着耳朵在房间里又跑又跳！

他挥舞拳头，把室内的华丽陈设全都砸得粉碎。他大叫着：“我不要天国！我不要天国！我要到人间去！我要到人间去！”

这当儿，两位年轻姑娘又开门进来了。她们手中的盘子中央放着一颗药丸。她们向他示意，吃下这颗药丸，又可以使他返回人间。八戒急急上前把药丸吞下去。

他又一次昏昏沉沉睡去。

当八戒重新睁开眼睛的时候，他又跟师父、师兄弟在一起了。

师徒三人叫道：“你怎么从‘天国’回来了？难道‘天国’的生活不好吗？”

八戒摸摸他那个瘪下去的肚子，说道：“我再也不愿到‘天国’去了。我在那里活得好苦啊！我宁愿在人间吃苦受累。”

八戒忽然想起那两位姑娘。问道：“我从‘天国’回来了，可是两位美丽姑娘怎么办呢？”

悟空和沙和尚笑道：“傻八戒，她们也都跟着你返回人间了。”

她们究竟是谁？亲爱的小朋友，你们能猜到吗？

011 树袋熊

一天，唐僧师徒四人来到了一座大森林里。他们走着走着，猪八戒突然大叫起来：“你们看，那树上有一个大鸭蛋。”孙悟空仔细一看，说道：“那不是大鸭蛋，是一个四足动物。”

八戒不信，拿了九齿钉耙，把那个大鸭蛋从树上打了下来。那怪物苏醒过来，睁开眼睛，对师徒四人瞧了又瞧，仿佛在说：“你们为什么吵醒我的好梦?”

这叫什么呀?八戒对悟空喊道：“猴头，你一向聪明，本领又大。你可知道这眼前的怪物名叫什么?”孙悟空仔细瞧了这个怪物，连连摇头说：“老孙不知、不知！”

八戒好像发现了什么秘密，大叫起来：“孙大圣也有不知道的！我以为你是样样全知的万能博士呢！”

八戒正在得意，唐僧双手合十念道：“八戒休得胡说！悟空不知就说不知，这是好的。你说说，这怪物名叫什么?”

八戒被问住了。他仔细看了这怪物，模样像熊，可是它没有尾巴，头圆而大，全身长着青灰色的柔密细毛，鼻子好像一块厚厚的黑皮。他实在叫不出名儿。可是他看它刚从树上落下，就自作聪明地叫道："这叫树熊！"

这时候，沙和尚突然上前说道："不对，这不叫树熊！"八戒怒道："你算老几?你懂什么?它不叫树熊又叫啥?"

沙和尚慢慢说道："这叫树袋熊。它会爬树，脾气挺好。树袋熊妈妈肚子下面还有一个育儿袋。婴儿吃奶汁长大以后，就跳出袋外，趴在妈妈背上跟随妈妈外出找食。"

这时候，小树袋熊爬到沙和尚怀里，正揪着沙和尚的黑胡子呢！

八戒不由得翘起大拇指说："想不到沙老弟还有这样的学问，真是了不起！"沙和尚忙说："不敢，不敢，各人有各人的长处，有的地方我老沙还要向你猪二哥学习呢！"

这番话说得八戒红了脸，觉得很不好意思。这时候，唐僧开言道："徒儿沙和尚这番话很有道理。世界那么大，我们的知识又是那么少。谁能够说自己全知全能呢！"

说罢，师徒四人告别了树袋熊，又向前进发了。

012 飞鞋

八戒说话粗鲁，本性难改，孙悟空很想治治他这个毛病。悟空终于想出了一个办法……

一天，风和日丽，八戒正在大路上走，孙悟空突然腾空而来。他到了八戒面前，就对八戒说道：“八戒贤弟，你愿意飞上天去吗?”

八戒一听，马上叫道：“飞上天去?那当然愿意。你这猴头会腾云驾雾，我老猪也要飞上天去跟你比试比试。”

孙悟空指着远处的一座高山说道：“那座高山上有一位白胡子老寿星，他有一双神奇的飞鞋，只要一穿上它，你就会飞上天去了。”

八戒听罢，就急急忙忙往那座高山奔去。他爬到半腰已气喘吁吁，只见前面有一条岔路，他不知道往哪条路走才能登上山顶。正在纳闷，只见前面来了一位大头娃娃。他马上高声叫道：“你这个大头鬼，前面两条路，哪一条往山顶去，快快向我道来。”

大头娃娃指着东边的一条路说："请你往东走。"哪知八戒不但不向大头娃娃道谢，反而又骂了起来："大头鬼，你不说，我也早知道往东走。"

八戒急急往东爬上山去。山越来越高，路也越来越窄，八戒见四下无人，有点慌张起来。这时候，前面走来了一位老奶奶。八戒根本不想高山上何来这位老奶奶，忙大声叫道："老太婆站住，你可知道爬上山顶还有多少路吗？"

老奶奶指指前面一棵大松树说："到了大松树前面，请你往右拐，大概再走半个小时，你就可以到达山顶啦！"

八戒听罢不但不谢，又骂了起来："老太婆休得多言，我早知道啦！"

八戒到了大松树边已大汗淋漓，他往前一瞧，只见山顶已遥遥在望，不觉大喜说："等我飞上天去，我才瞧不起那泼猴呢！"

八戒好不容易爬到山顶，又累又饿。只见山顶上果然有一位白胡子老翁在练气功。他急忙跑上前去叫道："你这老头子，闭着眼在干啥？听说你有一双飞鞋，穿了它就可以飞上天去，此话当真？"

老翁从身边拿出一双大鞋子，说道："穿上它，只要说三声'请、请、请，上、上、上'，你就可以一飞上天去了。"

八戒立即把大鞋子换过来，叫道："谁不知道？你这老头儿，真是啰唆。快快让开，让我老猪飞上天去！"

八戒穿上飞鞋，口叫三声"上、上、上"，可是他并没有飞上天去。八戒大怒，骂道："你这老妖怪竟敢骗我，是何道理？"

白胡子老寿星笑道："你忘了说三声'请、请、请'，飞鞋如何能飞呢?”

“我早知道了，你休得再啰唆！”八戒说完了三声“请、请、请，上、上、上”，他果然飞上天去了。

他在高空中飞来飞去，多得意啊!

飞了一个小时光景，他感到头昏脑涨起来，想下来休息。可是他不知道下来的口诀，只得继续在天空中飞行。

飞呀飞，又飞了一个小时光景，他实在支持不下去了。他连叫三声“下、下、下”，可是飞鞋依然没有飞下来。这到底是怎么回事呀?

他在空中向白胡子老翁叫道：“老头子，我可怎么下来呀?快快告诉我。”

老翁根本不去理他，依然坐在那里练气功。

八戒在空中连翻几个跟头，再也飞不动了。他连忙改口央求道：“老爷爷，请你快快告诉我，我该怎么下来呀?”

白胡子老翁依然不响不动。

八戒急了，连叫几声：“老爷爷，好爷爷！我求你啦，你快行行好吧！”

老翁见八戒有所悔悟，才慢慢说道：“请你先说三声‘请、请、请’，然后再说三声‘下来、下来、下来’，这样你就会下来啦！”

八戒按此口诀说，果然从高空飞下来了。八戒一到地面，再也动弹不得了。他闭着双眼，连声叫道：“我累死了，我累死了！我不要再穿飞鞋了！”

老翁问道：“你现在说不说‘早知道’了?”

八戒连连摇头。

老翁又问他：“你今后说话讲不讲礼貌了？连‘请’也不会说吗？”

八戒连连说道：“会、会！”

老翁轻声唤道：“八戒兄弟，请你睁开眼睛来看看我吧！”

八戒一听这熟悉的声音，马上睁开眼睛一看，原来是孙悟空，白胡子老翁已经不见了。八戒细细一想，他马上明白过来了，原来大头娃娃、老奶奶、白胡子老寿星全是孙悟空变的。

八戒涨红着脸，面对孙悟空一句话也说不出来。他除了惭愧、下决心改正自己的毛病，再说任何话都是多余的。

013 做好事，难！

平心而论，猪八戒也想做几件好事，让大家改变一下对他的看法。

一天，机会终于来了。

那天上午，他正挺着大肚子在大街上闲走，忽然听见前面有吵架的声音。他急急忙忙近前一看，原来有一位粗壮的大汉正在揪打一位弱小女子。

那弱女子哭喊道：“大家来评评理，他动手打我的孩子，我要他住手，他却打起我来了。你们瞧瞧，他还像个人吗?”

那粗壮汉子听了以后，火气更大了：“打你这个丑婆子，有啥关系?我打自己的孩子，要你管什么！你要管，我偏偏打他！”

那粗壮汉子说罢，拿起木棍朝孩子的屁股狠狠打去。孩子痛得哇哇大叫。打在孩子身上，痛在娘的心上，这是人之常情。这弱女子猛地向那汉子扑去，狠狠地在汉子的手臂上咬了一口。那汉子被咬，一时性起，把那弱女子掀翻在地上，打个不停。

八戒见此情状，赶上一步，大吼一声：“住手！你这汉子竟敢在光天化日之下，打这弱女子，是何道理？吃我一记九齿钉耙，让你尝尝挨打的滋味！”

钉耙打在这汉子的身上，痛得这汉子哇哇高叫起来：“痛死我了，痛死我了！”八戒正在得意之际，猛不防这弱女子忽地站起身来，猛扑过来，狠狠咬了一下八戒的耳朵，叫道：“蠢猪，你竟敢向他动武，我跟你拼了！”说罢，弱女子向八戒的大肚子冲去，竟把八戒冲倒在地上。

那汉子转过身来，又向八戒猛踢了几下道：“你真是狗捉耗子——多管闲事！”说罢，他挽起弱女子走了。那弱女子亲热地吻了一下那汉子道：“亲爱的，别理这笨猪，咱们走吧！”

那孩子也擦干了眼泪，紧跟在妈妈身后向前走去。

八戒爬起身来，目睹这一幕奇异的情景，不由得傻了眼：“他们这是干什么？难道是演戏不成！”

“傻八戒，你难道还不明白吗？这不是演戏，他们是夫妻！”好心的人们纷纷向他说道。

可是——八戒至今还不明白：做好事难道也那么难吗？

014 雄鸭

话说唐僧师徒四人翻过了火焰山以后，来到了一处幽静的庙宇。师徒四人打算在这里休整一天。

唐僧对八戒说道：“徒儿，我们要在这里休息一天，你能请来一位能歌善舞的演员吗?”

八戒一听这话，忙拍拍大肚子说：“没问题。我保证请来一位好样的。我老猪虽然嘴馋，可是挑选人才，我还有一手呢！”猪八戒说罢就背起钉耙出发了。

他走了半天，还没有碰上一个中意的对象。

有人告诉他，说百灵鸟唱得挺好听。可他找到百灵鸟听了一下，觉得不过如此。再说百灵鸟的样子像麻雀，一点也不美，而且百灵鸟又不会跳舞，自然没被选上。

八戒拔脚又往前，人们向他推荐说丹顶鹤会跳舞。丹顶鹤正在水草地里跳舞，他瞧了一下，觉得丹顶鹤的舞姿倒还不错，可是唱得太难听，“加、加、加”的叫声太刺耳了。八戒摇摇头，又向前走了。

一位农夫告诉他说，公鸡的歌声很嘹亮。他听后，觉得“喔、喔、喔”的声音太单调，再说公鸡的样子太神气，走起路来活像一位骄傲的将军。这怎么行呢？

人们又向他介绍说，袋鼠的舞姿很特别，一跳一蹦的很滑稽可笑。他看了一下，觉得袋鼠肚上的小袋里装着小袋鼠，跳起舞来，简直不像样子。

人们又纷纷对他说，雄孔雀的舞姿漂亮极了。他在绿草地上看着雄孔雀开屏跳舞，确实美极了。

八戒对雄孔雀问道：“你会唱歌吗？”

雄孔雀不理睬八戒的话，只顾自己跳舞。

猪八戒火了，骂道：“难道你是哑巴不成！”

雄孔雀向他点了点头。

“拜拜！”八戒头也不回地走了。

最后，八戒来到了一座池塘边。他看见一只雄鸭子，带领几只雌鸭子，在池塘里戏水。雄鸭的模样挺漂亮，绿色发亮的头颈，色彩艳丽的羽毛，一下子就把八戒迷住了。他想：模样儿长得好看，歌声也一定唱得优美；歌声唱得优美，跳舞自然也会优美。这难道不是一条不变的规律吗？

他越想越对，越看越中意。这时候，雄鸭开始在水里翻腾，八戒更觉得美妙无比！

八戒在塘边叫道：“雄鸭子，你快上来吧！”

“沙、沙、沙。”雄鸭发出了沙哑的声音。

“妙极了，妙极了，这声音听来别有一番风格！”八戒连连拍手。他毅然决然地选中了这只雄鸭。

八戒喜滋滋地带着雄鸭向庙里走来。他在前面得意地唱道：

我是猪八戒，选才有一手。
雄鸭很漂亮，歌声蛮嘹亮。

雄鸭一摇一摆在后面跟着唱道：

沙、沙、沙，沙、沙、沙。

结果怎样呢？

唐僧、孙悟空、沙和尚师徒三人听了雄鸭的沙哑叫声，一起将雄鸭轰出了庙门。

八戒叹着气说：“你们真是慧眼不识英雄！”

015 百眼怪兽

猪八戒老是埋怨自己的眼睛生得太少。如果多生几只眼睛，四面八方的东西都可以看清楚，那该有多好啊！

一天，他跑到观音菩萨面前恳求道：“菩萨，您能赐给我一百只眼睛吗?如果您能赐给我一百只眼睛，让我一眼就能看清许多东西，我就一辈子心满意足了。”

“阿弥陀佛，一百只眼睛不会太多吗?”观音问道。

“不多，不多，大慈大悲的菩萨，您快快赐给我一百只眼睛吧！”

观音见八戒恳求心切，马上在他身上洒了一次仙水，说道：“八戒听好，当你明天清早起来的时候，你就有一百只眼睛了。”

猪八戒喜出望外，连连向观音叩头表达了他的感激之情以后，马上就回家休息去了。

说来奇怪，第二天清晨，当八戒醒来的时候，他发现全身上上下下，前前后后，手上脚下，头顶、背部、臀部、腰部……全都长出了眼睛。他心花怒放，赶忙走出家门。路上行人一见这百眼怪兽，全都惊叫着奔跑起来："何方来此百眼怪兽?大家快跑呀！"

八戒想阻止他们奔跑，可是由于他眼睛太多，行路也发生了困难。

这时候，观音手拿一朵莲花来到他的面前，问道："八戒，你看这是什么?"

猪八戒再也答不清楚了。他从四面八方、上上下下看到的东西使他头昏脑涨。他一会儿说是"红花"，一会儿又说是"青草"，一会儿又说是"山羊"，一会儿又说是"白云"……

天哪，这到底是怎么回事呀?

观音又向他发话道："八戒，你到前面河边去钓一条鱼来吧！"

八戒简直无法行走。他跌跌撞撞走到河边，来不及钓鱼，就一头栽入河中去了。

"救命，救命，菩萨救命！"八戒大喊了起来。

观音见八戒在水中挣扎，快没顶了，忙将他救了上来，问道："怎么样? 一百只眼睛好使吗?"

"不，不，不！菩萨救我，让我恢复我的两只眼睛吧！"

观音见八戒可怜，又在他的身上洒了一次仙水。

第二天清晨，当八戒醒来时，果真又变成了两只眼睛的猪八戒，他又高高兴兴出门去了。

016 钻进了人堆

猪八戒这次出得门来，心情感到特别愉快，他走着哼着，忽然看见前面围着一堆人。他们在干什么呢?八戒非弄清楚不可。他走上前去扒开众人，要往人堆里钻，可是人们没有让他钻进去。

八戒问道：“他们在干什么?”

有人告诉他说：“他们在看一样奇异的东西。”

也有人告诉他说：“那是一件不可告人的秘密。”

八戒闻言，更加好奇起来。他拼命往人堆里挤，忽然看见人堆中央有一些人蹲在地上围观什么。八戒猪性大发，使出了平生气力，总算挤到了人堆中央。他使出浑身解数，好不容易才把自己的胖身体蹲了下来，但他没有发现任何东西。他问身旁的一位小伙子道：“你在地上看见了什么？”

“这是秘密。不能随便告诉你。”

八戒急了，立即跪在地上求道：“我求求你，快告诉我吧！”

小伙子清了一下喉咙，神秘地说道：“我看见两只蚂蚁在扛一只死苍蝇。”

八戒一听，自知上了当，他想站起身来，可是周围的人群向他拥来，他力气再大也挡不住那么多人的挤压，终于被推倒在地。八戒大呼救命，可是慌乱的人们谁也不去理他。他们踩在八戒的大肚子上面，痛得他哇哇大叫起来。

待人们弄清真相逐渐散去时，八戒躺在地上再也动弹不了了。他哼呀哼呀地叫着：“痛死我了，痛死我了！”

可是，谁也不同情八戒，谁叫他那么好奇，不管三七二十一，喜欢往人堆里钻呢!

017 一戏猪八戒

孙悟空大闹天宫以后，他的名气越来越大，威信也越来越高。孙悟空的名字谁人不知？哪个不晓？可是猪八戒一直不服气，他对孙悟空那根金箍棒尤其不服气。那根小小的金箍棒，哪有他那大大的九齿钉耙厉害呢？

有一天，他把孙悟空拉到田里说："孙猴子，你甭神气，老猪跟你比赛翻地，看谁翻得快！"

"好哇！"孙悟空说罢，就跟老猪比赛起来。

不用说，孙悟空的金箍棒翻地不行，没有猪八戒的九齿钉耙翻得快！

这一下，猪八戒可神气了。他拍着大肚子喊道："猴头，人们都说你的本领高强，今日看来也不过如此，论翻地，我比你强多啦！"

孙悟空笑了笑说："是呀，你老猪的本领我怎敢小看，不过，你那个骄气、傻气仍然未改。我看还得治一治才好！"

八戒根本不理会自己还有骄气、傻气。他哼着鼻子说道：

“咱们走着瞧，看看究竟谁的本领大！”说巧也正巧，猪八戒刚从田里上来，忽见前面飞沙走石，妖风四起。说时迟、那时快，在他们面前立即出现了一个巨怪。这巨怪三头六臂，手舞六把大斧，恶狠狠地向猪八戒、孙悟空迎面扑来。那巨怪吼道：“大胆猪呆子和孙猴子，你们竟敢在我的田里胡作非为，该当何罪！”

悟空笑着对老猪说道：“八戒兄弟，你的九齿钉耙比我的金箍棒厉害，请你上前去将这妖怪收拾了吧！”

猪八戒胆战心惊，硬着头皮上前叫道：“何方妖怪，谁说这块田是你的?你出口伤人，大概活得不耐烦了。看我的九齿钉耙，管保叫你立即粉身碎骨！”

说罢，猪八戒手舞九齿钉耙冲了上去，哪知这巨怪挥舞六把大斧猛杀过来，老猪一时招架不住，几个回合下来就倒在地上。正在危急时刻，孙悟空一个箭步冲到巨怪面前，他用金箍棒轻轻一挡，立即把巨怪的六把斧头打倒在地上，再一挥动，又把巨怪打倒在地，再轻轻一点就把巨怪打死了。这时候，猪八戒趴在地上还在发抖。孙悟空上前叫道：“八戒起来！”

“菩萨饶命，菩萨饶命！”老猪吓得一动也不敢动。

“贤弟起来，妖怪已被我老孙打死了。”悟空高叫了一声，才把八戒唤醒过来。

猪八戒马上爬起来，一看巨怪已死去，六把斧头业已散落在地，他才放心了。可转而一想，他又神气活现地大叫起来道：“这妖怪终于死在我的手中，猴头，你看我的九齿钉耙厉害不?”

“厉害，厉害！”孙悟空故意顺着他笑着回答。心想：这呆子的骄气、傻气仍然一点未改。以后还得给他一点教训。

018 二戏猪八戒

这次事件以后，猪八戒口里不说，心里却想：这猴头的金箍棒果真不可小看。可是，他觉得孙悟空那身黄色的猴毛实在太难看了，那身猴毛又松又软哪有猪身上油光发亮的猪毛好看又实用，谁不夸猪毛漂亮！再说猪毛的用处可多呢，可以制板刷，也可以制鞋刷……那猴毛算得了什么，颜色又黄，质地又细又软，啥用处也派不上。一想到这儿，他又得意起来。有一次，他碰上孙悟空，大声嚷道："泼猴子，我想来想去，我这身猪毛总比你的猴毛好吧。这点，你总该承认了吧？"

"对，我这身猴毛确实比不上你的猪毛好看又实用，可是我的猴毛你不可小看，也有用处呢。"

这猪呆子晃着两只大耳朵，大笑起来说："猴毛还有用处？从古到今未听说过。"

八戒这句话刚说完，忽然前面飞来了一群大马蜂。大马蜂围着猪八戒乱转圈子，老猪一时间闹得连眼睛也睁不开了。他一时性起，举起九齿钉耙挥舞起来，哪知他越挥舞，大马蜂飞来的越多。许多大马蜂根本不把九齿钉耙放在眼里，它们索性飞到老猪的头上、耳朵上、鼻子上、脸颊上大叮起来，一下子把猪头叮得像大水桶一样肿。老猪痛得哇哇直叫起来："孙大哥，你行行好，快救我一救！"

悟空一看八戒被大马蜂围困在里面，被叮得狼狈不堪，动了恻隐之心，只好救他一救了。他连忙从身上拔下一撮猴毛，口中念念有词，突然向空中一吹，叫道："变！"

一撮猴毛立即变成了几百只活蹦乱跳的小猴子。小猴子围在悟空的周围乱叫乱跳，煞是热闹。

悟空顾不得痛，又从身上拔下一撮猴毛，口中念念有词，向空中一吹，道："变！"

猴毛又立即变出来几百把扇子。孙悟空马上向几百只小猴子命令道："徒儿们，快快上前用扇子把大马蜂赶跑！"

命令刚下，几百只小猴子拿起扇子蜂拥而上，一会儿工夫把一大群马蜂赶跑得无影无踪。这时候，鼻青脸肿的猪八戒惊魂未定，还在大喊："痛死我了，痛死我了，孙哥哥救我，孙哥哥救我！"

孙悟空又向几百只小猴子使了眼色，只见几百只小猴子一拥而上把八戒团团围在中央，它们争先恐后地爬在老猪的身上，有的向他脸上吐唾沫，有的拉住他的耳朵吐唾沫，有的捧住他的大鼻子吐唾沫，更有些调皮的小猴子对着他的眼睛吐唾沫，也有的向他的大肚皮吐唾沫，还有的钻到他的臂膀中间，挠着他的痒，还有的干脆舔着他的脸呢！这一下，搞得老猪又痒又难受，不由得又哇哇大叫起来："好大哥，我的亲大哥，你快快饶了我

吧，我实在吃不消啦！你快快管住你的徒儿们！别让他们糟蹋我老猪啦！”

悟空扑哧笑了起来说：“呆子，你又说蠢话了，谁糟蹋你了?他们在为你做好事呢，快摸摸你身上的肿块吧！”

八戒一摸身上的肿块已全消失，再也不痛不痒了。众小猴子仍然爬在八戒身上调皮捣蛋，他眼看小猴子们用唾沫治好他身上的肿块，反觉他们十分可爱了。悟空口中忽又念念有词起来，几百只小猴子都在一瞬间变成了几百根猴毛，纷纷飞回悟空身上。八戒见此奇景，不觉大声欢呼起来道：“孙大哥啊，你的猴毛竟有如此神力，佩服、佩服！”

八戒在心底深处是不是真的服气呢?且看他的下次表现。

019 三戏猪八戒

猪八戒吃了大马蜂叮咬之苦以后，打心眼儿里有点佩服孙悟空的本领了。可是过了一段时间以后，他又旧病复发，思来想去对孙悟空还是不服气。因为他想到了老孙的一双眼睛总觉不是味儿。难道猴眼比猪眼还厉害吗?他越想越不服气。一天，他在路上拽住悟空的衣袖，嚷道：“喂，猴头，我看你甭神气。我这双猪眼，可比你的猴眼厉害。我能看见各种东西，连地上的蚂蚁也能看清，而且——我还能在黑夜里看东西、吃东西，这——你该不如我了吧！”

孙悟空听了他的蠢话，不动声色地说：“俺老孙这双眼睛经过八卦炉火炼，表面看起来也许比不上你的猪眼美丽，可是有一样，我比你强。”

“什么?有一样比我强，那是什么?”

“暂且保密。”

“保密?”老猪暗想：这猴头又要耍花枪了。

孙悟空想到了一个好主意，问道：“八戒，你能到盘丝洞去把那位害人的蜘蛛精除了吗?”

“这，你一百个放心，这次我要让你瞧瞧我老猪的厉害了。”八戒又在吹牛了。

八戒说完，急急忙忙向盘丝洞的方向奔去。到了盘丝洞，只见四个小妖精守在门口。他走上前去，二话没说，抡起九齿钉耙一下子把四个小妖精打倒在地。旗开得胜，八戒兴冲冲抹去洞门口的蜘蛛网，只身冲进洞去，但见里面黑咕隆咚，结满了蜘蛛网，啥也看不清，他再往前走去，模糊之中忽见两个巨大妖精从左右两个方向向他袭来。他眼尖手快，抡起钉耙跟他们对打起来。他使出全身力气，顷刻之间又把这两个妖精打翻在地。猪八戒得意扬扬，大步流星朝里面走去，只见光线渐亮，他毫不胆怯继续前行，一面还唱起了他自编的歌：

咕噜噜，妖精算个啥，
咕噜噜，本领数我大。

他正得意忘形地唱着，忽然听见洞里有女人的笑声：“啊，哈哈哈，喂，哈哈哈……”

这女人是谁？她为何发笑？这笑声多美！

八戒驻足细听了一下，那女人又笑起来。这笑声像金铃一样好听，一下子把呆子迷住了。他双手擦了一下眼睛，睁大眼睛一瞧，只见洞底一张石椅子上坐着一位如花似玉的妙龄女郎。老猪以为自己的眼睛发花了，又用力睁大眼睛一瞧，果真是一位天仙一般的姑娘。猪八戒正昏昏然不知所措，只听见那姑娘娇声娇气地喊道：“八戒师父，大驾光临，不知到此有何贵干？”

“我来消灭蜘蛛精。”八戒直截了当地说。

这姑娘又笑了起来：“你真是糊涂啦，这里哪来的蜘蛛精？你一定上当受骗了！快来坐下吧！我的好师父！”姑娘的声音更加娇气。

八戒突然警觉起来，他上次去西天取经路上，曾上了白骨精的当，当时不是也看到过一位美貌姑娘吗？难道这回又会上当不成？他正这样想着，那女郎已站起身来，一把拉住老猪的衣袖，将他拉在自己的身边坐下。那女郎满身散发的香气，早把八戒熏得昏昏然、色迷迷了。

“好师父，你拿着这玩意儿干什么？”姑娘指着九齿钉耙说，“快快交给我吧！”

八戒早已失去了警觉，神魂颠倒起来。他把手中唯一的武器乖乖地交给她，就眉开眼笑地问道：“小姑娘姓啥叫啥？今年多大年纪？”

“我姓朱，名丽娟，今年十九岁，尚未婚配……”小姑娘甜美的声音，把八戒的魂灵全摄去了。

“你……你……也姓猪（朱），好哇，咱们三百年前共一家！你为何一人住在这里？今天我老猪和你有缘，特来陪伴于你。”

八戒正想动手动脚，但小姑娘一下变成了可怕的蜘蛛精。八戒大吃一惊，忙起身想逃走，蜘蛛精举起九齿钉耙，狠狠朝老猪的屁股上猛砸下去，这呆子忍住疼痛反转身来跟蜘蛛精对打起来。老猪赤手空拳怎能是蜘蛛精的对手？他想拼着老命跟蜘蛛精搏斗，无奈又被蜘蛛精用九齿钉耙猛砸了几下，早已血流如注，倒在地上。蜘蛛精吐出了无数蛛丝将老猪捆绑起来，蛛丝越捆越紧，老猪痛得哇哇大叫，气息奄奄：“救命，救命，快来人哪！”

孙悟空闻声轻轻溜进洞来，只见这大黑猪躺在地上直唤救命。蜘蛛精还在狞笑道：“今天我要饱餐你这头大肥猪了！”

八戒叫苦连天，那蜘蛛精正张开血盆大口要吞食老猪时，孙悟空早用那神奇的金箍棒轻轻一挑，马上把蜘蛛精手中的九齿钉耙打落在地。蜘蛛精见孙悟空到来，情知不妙，马上摇身一变，又变成一个如花似玉的妙龄女郎。她迅速一吹，把老猪身上的蛛丝全部吹去，抱住八戒的胖身子，嗲声嗲气地叫道：“猪哥哥、猪师父救我，我是个好人哪！”

这呆子顿时慌了手脚，他紧紧抱住这美人儿忙道：“阿弥陀佛，孙大哥手下留情！你看她明明是一个姑娘，你为何要打她？”

“不，这是害人的蜘蛛精！”孙悟空坚持说。

“不，这是个好姑娘！”猪八戒也坚持说。

孙悟空见这呆子不可理喻，不由分说，用他的金箍棒朝这妙龄姑娘狠狠打去，一下子把她打得遍身流血。这呆子双脚乱跳大叫道：“阿弥陀佛，罪过，罪过！住手，你这泼猴，竟敢棒打一个弱女子，是何道理？该当何罪？”

悟空哪肯住手？他又猛打几棒，把姑娘打死了。八戒呆性大发，上前扭住悟空怒吼道：“你这凶猴，平白无故打死好人，罪责难逃，我老猪跟你拼了！”

八戒说罢，一头朝悟空撞去。悟空一闪身，八戒摔倒在地，痛得哇哇直叫。

“八戒，你甭再胡闹，快把这姑娘的衣服掀开瞧瞧，她到底是什么人？到底谁罪责难逃？”悟空平静地说。

这猪呆子爬起来小心地走上前去，把姑娘的衣服轻轻一撩开，妈呀，里面露出的果然是丑陋无比的蜘蛛精。这一惊非同小可，他瞪大猪眼，再瞧一瞧孙悟空的猴眼，再也说不出一句话来。可他心里却大声呼着：猴眼确实比我猪眼厉害多多哩！

020 招聘

现在招聘成风，猪八戒也要招聘一位得力的助手来帮助他办些杂事。应聘人来了不少，筛选下来，最后只剩下两名候选人：一位是唐老鸭，一位是米老鼠。

对这两位候选人，八戒要亲自面试一下。

这天上午，八戒要当众面试了，消息传开以后，来了不少旁听的人。大家怀着好奇心，要亲自看看八戒是怎样面试的。

八戒对着唐老鸭和米老鼠叫道："我向你们提出一个十分简单的问题。谁回答得好，我就录用谁！"

唐老鸭和米老鼠怀着紧张的心情等待八戒的提问。

八戒突然张开大嘴问道："一加一等于几?"

唐老鸭急忙叫道："嘎嘎嘎，一加一等于二！"

米老鼠却低着头不吭声。

八戒好生奇怪，问道："米老鼠，你为何不回答?"

米老鼠结结巴巴地回答道："亲爱的八戒先生，吱吱吱，一加一等于……等于……"

“等于什么?”八戒急着问道。

“亲爱的八戒先生，吱吱吱，一加一等于，等于X2。”

这时候，旁听席上的人都哈哈大笑起来。

八戒越加奇了：“这X是什么意思?”

“亲爱的八戒先生，吱吱吱，X等于你的意思。如果你说二，我就说二；你说四，我就说四……这意思不是很清楚吗?”米老鼠闪着小眼睛说。

八戒满意地笑了。他当众宣布说：“米老鼠被我录取了！”

唐老鸭嘎嘎嘎地乱叫起来，责问道：“我说了真话，为什么不被录取?”

旁听观众也议论开了：“八戒录用人的标准，到底是什么?”

对于这一切，八戒心中最明白不过了。

021 成名以后

猪八戒日想夜想想当名人，自从“三戏猪八戒”的故事传开以后，他的名气越来越大。但他万万没有想到当了名人以后，烦恼的事也越来越多。

一天，他因事上街，居然轰动了整条街。其中一个小男孩眼尖，远远看到八戒过来，忙高声叫了起来：“哈，鼎鼎大名的猪八戒来了，大家都来看啊！”

这一下，大街小巷中的男女老少，都从家里涌了出来看热闹。

有个好奇的老先生上前，拉住八戒问道：“八戒，八戒，你这身袈裟从何处买来?颜色为何这么古怪?”

没等八戒回答，另一位好奇的年轻人拿着他的九齿钉耙问道：“八戒师父，你的钉耙为什么有九齿不是八齿，为什么那么厉害？何人为你制作?”

八戒转身来正要一一回答，一个调皮的小男孩早爬上他的肩膀，拉住他的耳朵问道：“八戒师父，你耳朵为什么这么大？大耳朵有什么好处？是不是听觉特别灵敏？”

八戒答道：“我的耳朵大，就是因为……”

八戒的话音未落，一位妇女拉住他的念珠，问道：“你的这串念珠一共有几颗，别人送你的吗?还是自己买的?”

这时，另一个小男孩纵身跳进他的怀里，扭着他的大鼻子问道：“我问你，你的鼻子为什么那么大?鼻子大是不是嗅觉特别灵?”

不等八戒回答，一群小姑娘拥上前来，拍着他的大肚子问道：“八戒师父，你的大肚子，里面究竟藏着什么?”

“这个嘛——”八戒刚要回答，许多摄影记者、电视台记者的镜头围着他咔嚓、咔嚓拍个没完，那耀眼的闪光灯，简直使他睁不开眼睛。

一位报社记者拿出一个本子，拦住八戒提出了一长串问题：“第一，请你谈谈八戒名字的由来。第二，取经路上碰到了什么困难？第三……第四……第五……”

围观的群众越来越多，问题也提得越来越怪，人群不但将八戒的袈裟撕破，连头上的僧帽也被挤跑了。那股热浪使他透不过气来，他无法脱身，抡起九齿钉耙，大喝一声道：“闪开，闪开，我老猪的钉耙可不是吃素的！”

一位好奇的小姑娘突然发问道：“钉耙怎么会吃素？难道还有吃荤的钉耙？请回答。”

八戒无心回答，他努力挤开群众的包围，急急向前逃窜。他的帽子、衣服、裤子、钉耙、鞋子……除了一条短裤还在，其他的全被挤丢了。

八戒光着身子往前跑着……

后面，紧紧追着一大群男女老少，他们七嘴八舌地追问道：

“八戒师父，你莫跑，我还要问你，猪八戒倒打一耙是何意思?”

“八戒，八戒，你为什么出了名就不理人?”

“猪八戒，为啥人们要叫你傻八戒？”

“八戒……八戒……”

“为啥……为啥……”

八戒如丧家之犬，急急逃回住处，紧紧把门关上。他浑身大汗，心惊肉跳地叫道：“天哪，我再也不要当名人了！”

022 评理

有一次，花猫和黄狗为了三件事吵得脸红耳赤，不可开交。他们请了猪八戒来评理。

猪八戒先听花猫的申诉。

花猫说："我说我比黄狗漂亮，因为我身上有白色、黄色和黑色，人们都叫我三色猫。你说说，我是不是比单色黄狗漂亮？"

八戒想了一下，说："你的话很对，花的总比单色更漂亮！"

黄狗听了马上叫了起来："你胡说，我的颜色一片黄，非常纯洁、干净，比花猫身上乱七八糟的颜色好看多了。你说对不对？"

八戒思索了一会儿，说道："对，对，对，你的话也很有道理。这样看，你比花猫漂亮！"

花猫不服，又叫了起来："我说鱼好吃，他说肉骨头好吃。你评评，到底哪一样东西好吃？"

八戒抬头想了一下说："鱼的味道鲜美，当然比肉骨头好吃！"

这时候黄狗汪汪汪大叫起来：“不对，不对，鱼太腥气，肉骨头的味道特别鲜美！特别是骨髓，多鲜，多补！”

八戒马上点头说：“对，对，对，鱼确实腥气，而且还有鱼骨，一不当心，还要刺喉咙，如此说来，肉骨头当然要比鱼好吃！”

花猫仍然不服，又叫了起来：“我的本领比他大，我会爬树，遇到危险，我爬上树去就安全了。”

八戒笑着说道：“对，对，对，你的意见，我完全同意。黄狗不会爬树，你的本领当然要比黄狗大。”

哪知黄狗立即反驳说：“汪，汪，汪，我会游泳。遇到大河我能游过去，花猫可就游不过去。难道我的本领比他小吗?”

八戒又马上改口说道：“对，对，对，如此说来，你的本领要比花猫大。”

花猫和黄狗听了猪八戒的评理，大为恼怒。花猫上前用爪子狠抓八戒的身子说：“对，对，对，究竟哪个对?”

黄狗索兴上前去狠狠咬了八戒一口说：“你这是什么评理！你对他也对，其实你的评理最不对！”

八戒无法招架，只好狼狈逃走！

023 演讲

猪八戒说话啰唆的毛病一直未改。一天，猪八戒应邀到一个单位去演讲，他的老毛病又犯了。他一到会场，全场就响起了热烈的掌声。他笑眯眯地开口道："女士们，先生们！今天我先要告诉大家一个消息。这个消息十分重要，你们听了也许会笑痛肚皮，但是也许有人会皱眉头，这就叫作'萝卜青菜，各有所爱'嘛！萝卜青菜大家知道吗？它们都有很高的营养价值。但是，有的人喜欢吃萝卜，有的人喜欢吃青菜，这是口味不同，不能强求一律嘛……"

话未说完，有的听众叫了起来："萝卜青菜别讲了，你到底要告诉我们什么消息，快说！"

八戒不慌不忙又继续说道："女士们，先生们，莫急，莫急，'欲速则不达'这句成语大家都知道吧！要不要我来解释一下，如果……"

这时，有人又叫了起来："这句成语我们都懂，用不着你来解释了。你到底要告诉我们一个什么重要的消息？马上讲出来，别再啰唆了。”

这一下惹恼了猪八戒：“什么？我说话啰唆？我过去确有这个毛病，可是我早就改正了。女士们，先生们，今天我说话啰唆在什么地方？批评要有根据嘛，没有根据，不是胡说又是什么呢？我老猪说话从来就是：一就是一，二就是二，三就是三，四就是四，五就是五，六就是六，七就是七，八就是八……”

一位女士实在听不下去了，站起来抗议道：“八戒先生，你说话啰唆已经出了名，难道还不肯承认吗？按照你现在说话的水平，可以晋升为‘啰唆’专家了！”

“而且还是‘空话’专家！”有人又补充了一句。

八戒闻言，更加啰唆起来：“什么什么？啰唆还有‘专家’，而且还是‘空话’专家，这真是奇谈怪论。女士们，先生们，我现在不跟这位女士和那位男士辩论什么叫‘专家’的问题。现在我请你们先耐下心来，我马上就要告诉你们那个消息了。这个消息嘛，我说它十分重要，那是有充分根据的。我想至少有十个根据。第一……”

八戒还在台上滔滔不绝地讲他的十个根据，可是台下的听众早就跑光了。

024 究竟啥原因

猪八戒有一次在迎春联欢会上，表演了歌舞节目被轰下台来以后，他心里一直不服气。

有一天，他参加了林鸟联欢会，听到各种鸟儿的歌唱，心花怒放。他多么想在这次联欢会上显示一下自己的本领啊！

联欢会上要算百灵鸟的歌唱最精彩了。他一会儿学黄莺叫，一会儿又学芙蓉鸟叫，学啥像啥，大家都听得入了迷。

忽然，白头翁叫道："百灵鸟，你学学猫叫吧！"

"喵呜，喵呜……"百灵鸟叫得多像呀！

忽然，金丝雀叫了起来："百灵鸟，你会学狗叫吗？"

"汪，汪，汪！"百灵鸟叫起来活像一只新生的小狗，多好听呀！

这时候，布谷鸟叫了起来："百灵鸟，你学学猪叫好吗？"

"咕噜噜，咕噜噜！"百灵鸟的叫声，立即赢得了满堂彩。

八戒一看自己表演本领的机会来了，马上大叫起来："学猪叫该算我老猪天下第一名了。"

老猪说罢就在台上大叫起来：“咕噜噜，咕噜噜……”

台下没有喝彩声，只有一片取笑声。

笑鸟笑得特别厉害：“哈，哈，哈……”

八戒以为是为他喝彩，他叫得更起劲了：“咕噜噜，咕噜噜……”

台下忽然变得寂静无声，笑声也没有了。

“咕噜噜，咕噜噜……”猪八戒叫得满头大汗，依然没有得到喝彩声。

八戒正在纳闷，不知哪只鸟儿，忽然叫道：“猪八戒学猪叫没啥好听！”

这一声，像一锅沸水，林鸟们都哄笑起来。笑鸟一边笑，一边问道：“哈哈，猪八戒，哈哈，你能学鸟叫吗？哈哈……”

猪八戒摇摇头，灰溜溜地下了台。他耷拉着两只大耳朵，慢腾腾地离开了会场。

可是，他心里一直嘀咕着：我是猪，为什么我的猪叫声不能博得大家的喝彩？百灵鸟不是猪，可他的猪叫声却博得了大家的喝彩声，这究竟是什么缘故？

025 一朵玫瑰花

为了美化环境和居室，猪八戒开始在自己的园子里种上了各类品种的玫瑰花。

春天来了，玫瑰花在他的园子里开始开花了。可是他看来看去，满园春色，竟没有一朵好看的。

他每天坐在自己的房间里叹气："天哪，满园的玫瑰花为什么没有一朵好看的呢?"

有一天，邻居给八戒送来了一朵红色的玫瑰花。"八戒先生，你瞧瞧这朵玫瑰花好看吗? "

"好看，好看，简直妙极了！"八戒把这朵红玫瑰拿在手中，爱不释手。

"请你闻闻，这朵玫瑰花香吗?"

八戒将这朵玫瑰花放在自己的大鼻子面前闻了又闻，说道："好香的玫瑰花！你从哪儿弄来的？我园子里的玫瑰开了不少，可是都没有你这朵玫瑰花又香又好看。"

邻居笑而不答。

八戒玩赏了一会儿说道："大概是外国品种吧？"

邻居依然笑而不答。

"英国的？"

邻居默然。

"美国的？"

邻居脸上出现了神秘的笑容。

"哦，荷兰的？我一定猜对了！"八戒自信地说。

这时候，邻居忽然大笑不止。八戒摸不着头脑，这到底是怎么回事呢？

邻居二话不说，一把将猪八戒拉到他自己的园中，对着园中盛开着的玫瑰花，大声说道："我送你的这朵玫瑰花，就是从你的园中移来的。"

八戒傻眼了。这怎么可能呢？

"这可是真的？"

"百分之百是真的。"邻居神情严肃地答道。

八戒半信半疑地走到自己园中那株红玫瑰花旁边，仔细瞧了又瞧，又将邻居刚才送他的那朵红玫瑰花和它的枝条花朵比了又比，觉得果然不差。他不禁长叹一声，叫道："天哪，原来好花就在我自己的园中。我真是瞎了眼啦！"他紧紧握住邻居的手连声说："谢谢，谢谢！"

026 拜师记

说实在话，猪八戒倒很想学一点实际本领。这一天，他下定决心要去拜师学艺了。

清晨，朝霞染红了东方的天。他出得门来，只听见树上停着的鹩哥对他叫道：“八戒，你早啊！你爱听歌吗？”

八戒点点头，鹩哥当即唱起了各种禽鸟的歌声，把八戒迷住了。

八戒向鹩哥请求道：“我喜欢当一名歌唱家，你能教我吗？”

鹩哥叫道：“当然可以，可是当一名歌唱家很不容易，你肯勤学苦练吗？”

“肯，肯。”八戒一口答应下来。

鹩哥教给八戒一些发声的方法以后，八戒就练习起来。可是刚练了五分钟，喉头发痛了，声音也没有发好。他想：我不是学唱歌的料儿，还是学别的本领吧！

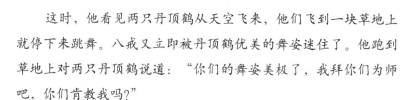

这时，他看见两只丹顶鹤从天空飞来，他们飞到一块草地上就停下来跳舞。八戒又立即被丹顶鹤优美的舞姿迷住了。他跑到草地上对两只丹顶鹤说道：“你们的舞姿美极了，我拜你们为师吧，你们肯教我吗?”

“怎么不肯?”两只丹顶鹤点点头说，“可是跳舞并不容易，你怕脚酸吗?”

“不怕，不怕！”

两只丹顶鹤教了猪八戒一些基本动作以后，八戒就高高兴兴地扭着大屁股跳起来。可刚过了五分钟，他就感到大腿酸痛起来。这可怎么受得了呀?

于是，他决心放弃学跳舞，打算学别的本领。

他走着走着，忽然从东边森林里蹿来了一群猕猴，这群猕猴在森林里上蹿下跳，玩得十分高兴。八戒立即又被它们攀登树枝的灵巧动作迷住了。他想：学会这项攀登技巧，可有用呢！以后如遇上危险，也可以逃之夭夭。

他想着，跑到身材粗壮的猕猴王面前说：“我跟你们学攀登的本领，愿意收我这个徒弟吗?”

“教你并不难，可是学这项本领有一定的危险性，你害怕吗?”猕猴王说。

“不怕，不怕！”

“那好吧，你就马上开始跟我们一起练习吧！”

这时候，猕猴们正打算从这一座高山，攀登到对面的高山顶上去。许多猕猴手拉手通过峡谷攀过去了。猕猴王突然对八戒言道："你也攀登过去吧！"

八戒壮着胆子，闭着眼睛，战战兢兢地攀过去。他在半途上低头睁开眼往下一瞧，哎呀！这万丈深渊，吓得他心惊肉跳，浑身冒汗。

"天啊，多可怕呀！摔下去不是完蛋了吗？"他话刚说完，心里一发慌，双手再也握不住了，就摔脱了其他猕猴的小手，往深谷里掉下去。

他紧闭双眼，只好听天由命……

幸亏，他快落地的时候，衣服挂在一棵树上，虽然头上受了一些伤，毕竟性命保住了。

他下来以后，再也没有一点力气了，就躺在地上休息，心里想道：学攀登技巧，居然有如此危险，我怎能拼着性命学呢？还是学学其他本领吧！

他起身以后，又向前迈进了。

他来到草原上，向池塘边走去，看见一群美丽的黑天鹅在塘里戏耍游玩。他想：学会游泳不是顶好玩也顶有用吗？

他走近一只黑天鹅旁边说道："天鹅小姐，你能教我游泳吗？"

"怎么不能呢？"黑天鹅伸长她的脖颈说，"不过学会游泳并不容易，你怕喝水吗？"

"不怕，不怕！"八戒又很快答应着。

"那么，你就下水来吧！"

八戒原来以为学会游泳是挺容易的，哪知他一跳下水去，一连就喝了好几口水。他紧闭口不喝水，哪知池水直往他的鼻孔里灌进去了。他再也憋不住了，一张开大嘴，又连喝了三口水，心里一慌四肢乱动，身子马上往下沉。

他失去了知觉，往塘底沉去……

当猪八戒苏醒过来的时候，发觉自己已躺在软绵绵的草地上了。他不知是怎么回事？

这时候，围在他身边的七八只黑天鹅抢着说道："没有我们一起用力把你的胖身体顶上来，你早就完蛋啦！"

那位最美丽的黑天鹅小姐贴近他的耳边说："喝几口水没有什么了不起，我再来帮助你学会游泳吧！"

八戒连忙摇着大脑袋说："不啦，不啦，我再也不学游泳了。还是学学吃西瓜的本领吧！这项本领又好学又保险，谁也比不上我吃得又多又快！"

因此，猪八戒除了吃西瓜的本领，至今，他什么本领也没有学会呢！

027 X君

猪八戒不懂装懂又好发议论，有时搞得人啼笑皆非。

有一天，X君写了一则《龟兔赛跑》的寓言，送到八戒面前说：“八戒师父，请你评一评吧！”

八戒看完这则寓言以后，扇着两只大耳朵说：“乌龟怎么能比兔子跑得快?这是违反生活常识的。再说，兔子在比赛中半途睡大觉，未免太夸张了。你去改一改吧！”

X君根据猪八戒的意见，将寓言改成为：龟兔赛跑，兔子获胜。

八戒看了寓言的修改稿后，晃着脑袋说：“兔子本来就比乌龟跑得快嘛，这有什么好写的呢?我看还是让乌龟和兔子在比赛中并驾齐驱，不分胜负吧！”

X君根据八戒的意见，又把这则寓言改成：龟兔赛跑同时到达终点，不分胜负。

X君把修改稿送到八戒那里去的时候，以为一定可以使猪八戒满意了。哪知猪八戒看了修改后的寓言稿，大为生气地说：“乌龟和兔子赛跑，怎能让它们同时到达终点？而且，谁也不胜，谁也不负，这则寓言有什么教育意义呢？你说是不是？”

X君有点为难了：“依你之见——”

“依我之见，”八戒思索了一会儿说，“不如另写一篇吧！”

X君也有点生气了：“左也不是，右也不是，那么，到底如何写才好呢？”

“这个嘛，”八戒举起他的九齿钉耙说，“还是你自己独立思考吧！”

X君被弄得左右为难，至今还没有把新的寓言写出来。

028 也有聪明的时候

猪八戒出了名以后，你别以为他样样都傻，有时候，他可还有点小聪明呢！

这件事还得从他喝酒谈起。他喝酒以后，常常误事。有时候，他喝醉了酒，胡话乱说，更加傻里傻气。孙悟空觉得该劝一劝他了。

有一次，八戒醉眼蒙胧地回得家来，猛然看见桌上写有四个数字：

七九五四

看笔迹，显然是孙悟空的手笔。他对着这四个数字，细细想了一下，觉得颇有道理，急忙走到孙悟空的桌子旁，用蘸满了墨水的毛笔，在一张白纸上画了一只大大的“蝉”。

八戒画完以后，又到外面漫游去了。

孙悟空回到住处，见自己桌面上放着一张画着“蝉”的纸，不觉嘻嘻笑了起来：“看来，八戒的酒糊涂还有救呢！”

哪知，好景不长，不久八戒还是天天喝得醉醺醺地回来。悟空不觉大怒，在八戒画过的纸上，在“蝉”的尾巴上画了一道长长的白烟，依然放到八戒的桌子上去了。

八戒回到家来，见了这张图画，知道孙悟空真的大发脾气了。如果再不及时改正，孙猴子真的“动真格”起来，他可吃不消了。

从此，八戒改正了“嗜酒如命”的坏习惯。

孙悟空看到八戒知错能改，心中也分外高兴。一天，他拍拍八戒的肩膀说：

“八戒兄弟，你还着实有点小聪明呢！”

“莫说，莫说！咱老猪比起你孙大哥来还差得远呢！

从此，他们成了一对好兄弟！

你瞧，八戒猜哑谜的本领还不算小吧！

哑谜谜底：

七九五四——吃酒误事。

“蝉”——知道了。（蝉，又名“知了”）

“蝉”尾上加上一道白烟——知道个屁！

029 大闹美术展览馆

猪八戒出名以后，作家纷纷为他编写新故事，画家也纷纷拿起画笔为他描绘新形象。如此一来，他的名声可就更大了。

有一天，有人告诉他说：“八戒师父，美术展览馆正在举办八戒艺术形象画展。那才叫好看呢，你快去瞧瞧吧！”

八戒得到这一消息，不觉眉飞色舞。心想：这一下，我的名声可就更大了。

他穿戴整齐以后，着实有点威风。你看他手握九齿钉耙，唱着只有他自己能欣赏的歌，向美术展览馆奔去。

咕噜噜，我八戒，
噜噜咕，好威风，
咕噜咕，作家为我写书，
噜咕噜，画家为我画像。

他正唱得得意，只见展览馆前人头攒动，好不热闹。人们见八戒驾到，忙闪开两边，让出一条道来，纷纷喊道：

“八戒，请！”

“八戒师父，请进！”

八戒走进大厅一瞧，只见有数百幅八戒画像，悬挂在四周的墙壁上。观众指指点点，笑得十分开心。

有个小男孩天真地叫道：“快来瞧，八戒的肚子大得出奇，上面可以放张八仙桌呢。”

八戒过去一瞧，果然见那幅画像将自己的肚子画得非常巨大，他摸了摸自己的肚子，不觉大为生气，叫道：“这简直是胡画一气，我的肚子真有那么大吗?”

八戒的话声未落，又听见一位年轻姑娘叫了起来：“真笑死人了，八戒的两只耳朵简直像两只大锅盖。谁叫他只喜欢听好话，不喜欢听真话，弄得这副怪样子。”

一群姑娘看到这幅画像，更是笑得前俯后仰，直不起腰来。八戒急忙奔过去一看，不觉恼羞成怒。他拿起九齿钉耙，一下子将那幅画打落在地。姑娘们围着他讲理时，忽然远处一个青年人叫了起来：“大家快来看哪，八戒的鼻子拖在地上，简直可以当围巾用啦！”

这幅漫画是一篇童话的插图。童话描写八戒老爱吹牛皮，爱说谎话，结果鼻子越来越长，长得拖在地上，使八戒动弹不得。

观众围在这张画的周围，都一致称赞画家画得好、画得妙。哪知八戒拨开人群，将那张漫画撕个粉碎。

八戒挥舞钉耙怒吼起来：“这些画都不像我，那叫什么艺术呀，真是岂有此理！”

群众围上来跟他评理，可是八戒一句话也听不进去。他一时兴起，将整个美术展览大厅中的画打得个七零八落。在场的美术家们都哀叹道：“八戒呀八戒，你不是有意跟我们美术家为难吗！”

八戒不理睬他们，怒气冲冲奔出门外，大声骂道：“我的相貌真有那么丑吗?我的行为真有那么傻吗?我的肚子真有那么大吗……我的九齿钉耙变成了七齿钉耙，六齿钉耙，这还叫艺术品吗……”

到底是八戒骂得有理，还是美术家画得真实?亲爱的小朋友，你能说得明白吗?

030 一对好朋友

猪八戒和大黑熊成为一对好朋友啦！

他们成为一对好朋友的经过是这样的：

一天，猪八戒干了一件蠢事以后，又受到唐僧、孙悟空、沙和尚的批评。他闷闷不乐地来到一座大森林里散心。

八戒进入森林以后，只见森林里空气清新，景色宜人，不觉诗兴大发，放开喉咙喊道：

八戒闷闷来森林，
森林颜色好得很；
人间烦恼光光光，
游山玩水妙妙妙！

八戒念罢诗歌，只听见一阵叫唤：“好诗！好诗！”

八戒回头一瞧，原来是一头大黑熊！

八戒平日很少被人称赞，今日居然有人赞扬他的诗好，不觉喜出望外。

“想不到八戒师父还是一位诗人呢！”大黑熊走上前来说道。

八戒也谦让起来说：“不敢，不敢，请你说说我的诗好在哪里?”

大黑熊道：“你把森林的景色说成有颜色的，真是妙不可言。把森林的颜色描写成‘好得很’，真是非常通俗，人人皆懂。再说，把美丽的森林和你那闷闷不乐的心情对照起来写，这不是很高明的描写手法吗?”

八戒点头笑道：“还有呢?”

“还有——”大黑熊说，“你看透了人间烦恼事儿多，要把烦恼事儿都抛得光光的，这说明你有出家人的胸怀。你一连用三个‘光光光’，说明你的决心很强，用得多么响亮、动听、有力！佩服！佩服！”

八戒被大黑熊吹得眉开眼笑，心花怒放。“还有呢?”这呆子继续问。

“还有，用字确切。你看，第三句用‘光光光’收尾，第四句用‘妙妙妙’收尾，对得多好，真是妙语连珠！千古绝唱！”

八戒一把抱住大黑熊说：“你真是我的知心朋友啊！那么，你再说说，我的相貌如何?我到底是不是丑八戒?”

“你的相貌嘛，”大黑熊笑着说，“真是相貌堂堂，一表人材。你的头大、耳大、嘴大，说明你的寿大、福大、命大，后福无穷呢！”

八戒被大黑熊吹捧得昏天黑地，乐不可支，抱着大黑熊跳起舞来了。

大黑熊接下来问道：“八戒师父，你说句老实话，我的容貌如何?人们骂我是黑瞎子，你看我怎么样?”

八戒仔细瞧了瞧大黑熊说：“打开天窗说亮话，天下所有动物，要算你黑熊老弟第一漂亮！”

大黑熊顿时眉开眼笑地问道：“漂亮在哪里?”

八戒又仔细打量了一下大黑熊说：“第一，你的眼睛不大不小。第二，你的耳朵也不大不小。第三，你的嘴巴长得比我还好看。第四，你的一身黑毛，油光发亮，比我老猪的漂亮多了。第五，你的身材非常魁梧。有这五点，真可以说是美黑熊了。咱们俩，真是天生的一对！”

“地造的一双！”大黑熊乐乎乎地大叫起来。

从此，他们变成了一对好朋友。你瞧瞧，这一对好朋友，这一对黑胖子，他们拥抱在一起，还自鸣得意呢!

031 打开狮笼

八戒从马戏团的演出场地出来以后，一头闯进了动物园。他的脑海里一直盘旋着两个问题：

“原来老虎、狮子并不可怕，我为什么要怕它们?”

“驯狮女郎可以玩弄狮子，我老猪何尝不可以玩弄它们？”

他进入动物园以后，只见孩子们在大人的带领下，正在兴高采烈地观赏着各种珍禽异兽，有的小孩子跟小羚羊、小斑马、小象、小长颈鹿在一起玩儿，他见此美景，不觉心花怒放。

他走着、想着、看着，不知不觉来到了狮虎山。他见不少孩子正在兴致勃勃地观赏老虎和狮子，也挤了进去。这时候，一个调皮的小男孩对他招呼道：“八戒师父，你看过马戏团的表演吗?”

八戒挺着胸说：“我刚从那里来。我看到一个女郎把手伸进老虎嘴里，老虎不但没有咬她，还跟着她的指挥棒，跳过火圈呢！”这时候又围上来七八个孩子抢着问道：“你敢跟老虎、狮子玩儿吗?你敢叫它们翻跟头吗?”

八戒一想，在孩子们面前丢脸，多羞耻！他硬着头皮说：“敢！老虎、狮子还怕我呢！”

这当儿，一个小女孩从身边摸出一张照片，递给八戒道：“你看看这张照片吧，那个九岁的名叫英格莉·罗德的美国小女孩才叫勇敢呢！她还躺在狮子的身上呢！”

八戒接过照片一看，果真如此。他想：小女孩见狮子一点也不怕，难道我老猪就害怕吗?而且我有九齿钉耙在手，还怕什么?

另一个胆大的小男孩又叫了起来：“八戒师父，可惜你现在不是马戏演员，如果是的话，现在跑进狮虎山去跟狮子逗着玩儿，那该使我们多高兴呐！”

八戒这时候骑虎难下，就下定决心，大呼起来：“孩子们，看我的，今天我要让你们看看我老猪的勇敢，我要打开狮笼，让你们瞧瞧我老猪的本领！”

偏偏在这节骨眼上，来了一个小人儿，这小人儿手脚灵敏地跳到八戒的肩上，用双手摇着他的大脑袋说道：“八戒师父，你休要胡来。跟狮子逗弄，可不是玩儿的。你没有驯狮的经验，不是白白送死吗?”

八戒一把将小人儿推到地上说：“你这个小不点儿懂什么?看我的！”

小人儿忽然不见了。

这呆子迅速打开狮笼，闯了进去。

孩子们惊叫起来，胆小的孩子吓得哭了起来。

八戒进入狮笼以后，那雄狮子当初也猛吃一惊，不去理他，哪知八戒胆大妄为，居然拿着钉耙去拨弄雄狮说：“狮子，狮子，你快快站起来向大家作个揖！”

雄狮大吼一声，向老猪猛扑过来。

八戒措手不及，慌忙用他的钉耙向前一挡，这可把雄狮激怒了，它一个箭步，蹿了上来，把老猪的半只耳朵咬了下来。老猪鲜血直流，疼痛难当，方知雄狮的凶猛，可是事已至此，只好拼着老命跟雄狮搏斗。这时候，笼中的其他几只狮子也一齐冲了上来，一下子把老猪的钉耙打出一丈以外。八戒手中没有了武器，只好赤手空拳跟群狮搏斗……

八戒被群狮围在中间，左冲右突，全身被咬得鲜血直流。八戒心想：这次老猪性命休矣。

八戒被群狮猛咬、猛扯，已完全失去知觉。那雄狮正张开血盆大口，向他的头咬来时，他突然“妈呀”一声，迷迷糊糊醒来了。他清醒以后，才知在最危急的关头，小人儿变成了孙悟空，腾空飞来，将他从群狮的包围中救了出来。

他惊魂未定，对悟空言道：“好师兄，你又救了我一命。要不是你及时从天而降，吾命休矣！”

悟空正色说道：“师父早就吩咐过我，要我暗暗跟着你。刚才我变了小人儿警告过你。叫你休要胡来，可是你呀，不见棺材不落泪，一定要被咬去半只耳朵，方肯听我的忠告。”

八戒叹道：“是呀，我一味蛮干、硬干、瞎干，连性命都差点丢了。”

032 东方超级大市场

有一天，孙悟空脚踩金箍棒腾空而来，飞到猪八戒的面前说：“八戒，我告诉你一件稀奇的新闻。”

“什么新闻?”

“你去S城看看吧，那里有一座东方超级大市场，高五百层，里面也有一个猪八戒，听说还聪明得很呢。”

八戒一听，就吵着要孙悟空带他去看看。

“我给你变一样新奇东西，你自个儿去看看吧！”悟空说罢，从身上拔下一根猴毛说道：“变，变，变，变气球！”

说变就变，马上一只大气球站在老猪的面前了。

八戒看了这玩意儿，觉得真是非常新鲜。

“你坐上去吧，里面有方向盘，你向东飞去，远远看到那座最高的摩天大楼，说明S城就到了。”孙悟空交代说。

八戒坐上气球，气球立即腾空而起。

八戒从来没有坐过气球，他坐在气球上感到一切都很新奇，看到地上一片片绿油油的庄稼，山上树木葱茏，还有大片大片的果园，远处是绿茵茵的草地，还有遍地盛开的鲜花……他真是心潮澎湃，喜不自胜。

他飞了好一会儿，时过中午，远远看到了那座五百层高的摩天大楼，他就开始下降，不一会儿，他就降到了那座高楼面前，只见高楼上写着金光闪闪的“东方超级大市场”七个大字。

八戒回头瞧了瞧这个城市的景色：美丽而又清洁，花香袭人，百鸟声喧，好像到了另一个神仙世界一样。人们经过八戒的身旁，都微笑着向他点头打招呼，他感到无法形容的快乐。

八戒在门口观赏了一会儿，就进去了。他刚走进大门，便看见一个跟他一模一样的猪八戒在招呼来来往往的顾客，真是目瞪口呆。世界上竟会有像他一模一样的猪八戒吗?他以为在做梦，狠狠拧了一下自己的猪耳朵，分明感到很痛，这不是梦呀！他走到那个猪八戒面前，正想扭住他骂他一顿，只听见那个猪八戒向他亲切地说道：“猪八戒先生，您好！”

这呆子听了这个称呼，火气消了一点。那人称他为“先生”，这是他有生以来第一次听到的称呼。他上前去，怀着怒意骂道：“你这呆子，竟敢冒充我的模样，该当何罪?”

那猪八戒当即很有礼貌地说道：“先生，请您不要开口骂人。我是商店服务员，跟您没有关系，我何罪之有?”

这时候，一个英国顾客走了过来，那猪八戒马上对他说道：“Good afternoon, Sir, Can I help you?”

猪八戒对外语一窍不通，他听了莫名其妙！心想：那猪八戒为什么那么聪明，还会说外语?

这时候，一个黑人妇女带了一个黑小孩走过来问那八戒道：“先生，您知道玩具部在哪一层楼?”

“在一百七十五楼东面第八个柜台。请从东面二百二十三号电梯上楼。”

那黑小孩问道：“您知道哪儿有魔椅卖吗?”

“有，不但有魔椅，还有魔车、魔桌、魔床等，好玩得很呢！”

“谢谢！”黑小孩回答说。

那猪八戒对答如流，连对小孩说话也彬彬有礼，真使这个猪八戒看得入了神。

那猪八戒又转身来对这个猪八戒说道：“先生，您想买些什么?”

这时候，这个真猪八戒的气已消了一大半。他原来没有东西要买，一则想参观一下这个超级大市场，二则想到自己那根九齿钉耙已用了好多年，也该换一把新的了。于是，就随口说道：“我想买一把九齿钉耙！”

“好，那请上三百五十层楼。请从西边上一百零九号电梯。”

八戒走进一百零九号电梯，不到一分钟就到了三百五十层楼。他走进大厅，见一位年轻女郎很有礼貌地上前来向他微微一鞠躬，问道：“先生，您买什么?”

“九齿钉耙！”

“请跟我来吧！”那位女服务员将八戒领到一个柜台前，就招呼别的顾客去了。

八戒向四周一看，只见货架上陈列着许多大大小小的钉耙，他又发现到这里来购物的人都是自动付款的，根本找不到一个营业员。八戒付了钱，拿了一把非常精致的九齿钉耙以后，就兴冲冲下了电梯，又跑到那个猪八戒面前说道："你们这里的服务态度真好。不过我要问你一句话：你是何处人氏?从何而来?"

"我是机器人。"那猪八戒直截了当地回答。

"机器人?"老猪哈哈大笑，"你还想骗我老猪吗?机器人有那么聪明吗?"

这猪八戒想到那猪八戒存心欺骗他，不觉恼怒起来。他拉住他的左耳朵叫道："你骗人?"

这一下，奇迹出现了，只见那猪八戒的脸孔翻了下来，里面都是密密麻麻的小元件。

这可怎么办?八戒慌了手脚。这时候，另一位青年服务员走过来说道："先生，请您不用慌张，你再拉一下他的右耳朵，一切都太平无事了。"

八戒怀着好奇心拉了一下那猪八戒的右耳朵，奇迹果真又出现了：那脸孔又自动翻上去了。

八戒被弄得眼花缭乱，心神恍惚，是真是梦也搞不清了。这时候，又听见那猪八戒说话了："先生，欢迎您下次再来，再见！"

"再见！"八戒兴冲冲走出大门，觉得世界完全变样了。他重新乘上气球，飞向天空。蓝天上朵朵白云，都在他的脚下。

他俯首遥望美丽的河山，又回想起刚才所经历的奇遇，又想想过去自己的所作所为，怀着十分激动的心情暗暗下决心道："我再也不能像过去那样傻乎乎混日子了。今天已到了科学昌明的时代，再不努力学习新知识，再不树立新形象，再不改旧毛病，我一定会被时代的浪花冲走的。”

从此以后，猪八戒决心痛改前非，争做新八戒。

第三部

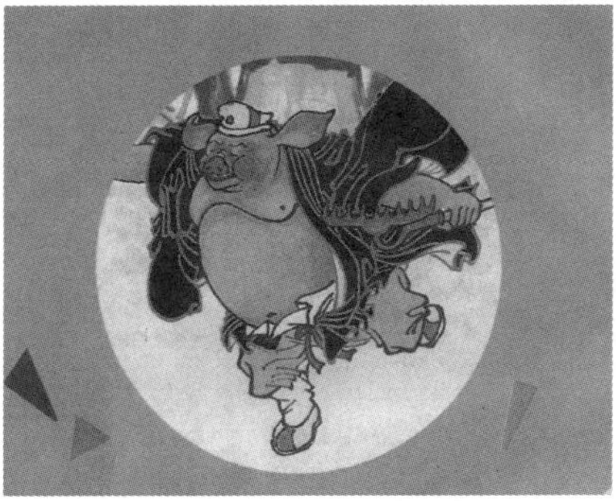

猪八戒出国游历记

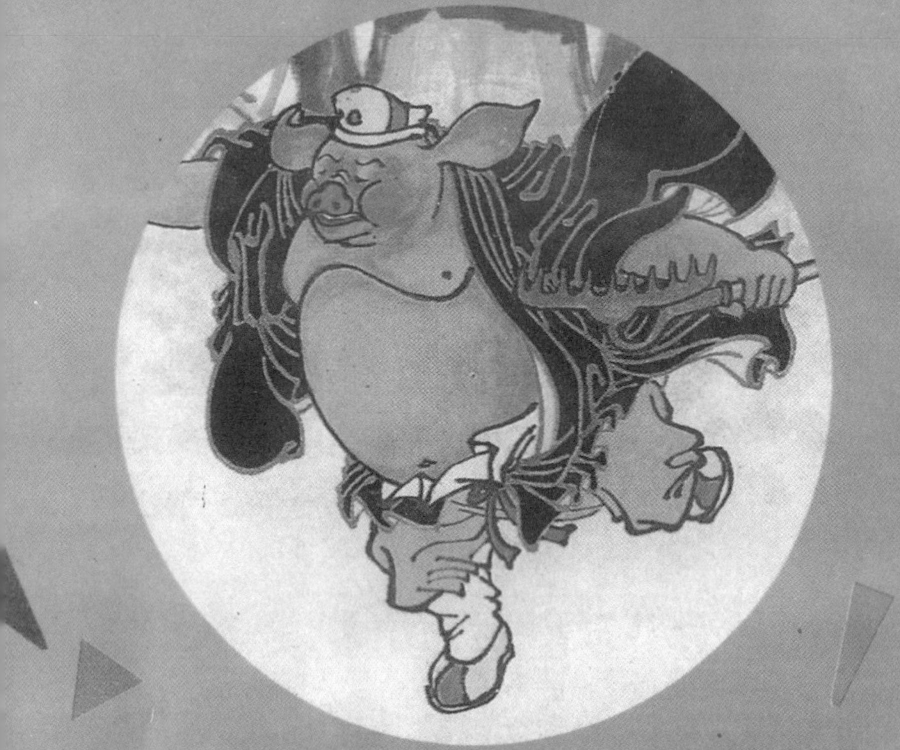

小引

猪八戒跟随唐僧、孙悟空、沙和尚在取经路上，曾经遇到过不少奇人奇事。如今，世界各地的情况大变样了，他又想出国去见见世面了。

外面的世界多精彩！

外面的世界多奇妙！

有一次，他终于乘上了一个热气球，飞向异国他乡。下面就是他经历的几个小故事……

001 第一课

话说猪八戒乘上热气球，晃晃悠悠，第一站飞到了J国。

J国是一个很讲礼貌的国家，谁不讲文明礼貌，谁就要受罚。八戒说话向来粗鲁，为此他吃足了苦头。

八戒到了这个花花世界，心花怒放。他在繁华的大街上闲逛，看到了不少稀奇古怪的东西。不知不觉他肚子饿了起来。

怎么办?他向一位老者问道：“喂，喂，老头儿！我问你，你们这里的便宜饭店在哪儿?”

老者不去理他。

八戒又问道：“你这个老头子，我刚才的话你听到没有?”

那位老者说道：“你说话不讲礼貌，罚款一百。”

八戒怒道：“岂有此理，你这老不死的讲什么屁话！”

“罚款五百。”

八戒和老者正在争吵，一位警察过来了，问清了情况以后，警察命令八戒立即拿出五百元罚款。八戒见情况不妙，只好掏出五百元。警察撕下一张罚款收据交到八戒手中说：“先生，这是罚款收据，请收下吧！”

八戒拿着那张收据，好生气恼，轻轻说了句：“他妈的，竟有如此不讲理的地方！”

警察又撕下一张收据，客气地说道："亲爱的先生，你开口骂人，再罚五百。"

八戒傻了眼。他拿着两张收据，恨恨地向前走去。

他一时找不到便宜饭馆，就买了一袋水果和一袋糕点。他走进一座公园，坐在一张长椅上大吃起来。他望着池塘里的鸳鸯戏水和天上的鸟儿飞翔，开心地吃着。他站在长椅上又跳又叫，将长椅搞坏了，又将吃剩的果壳纸张随手扔在草地上。这时候公园里驯养的彩色大鹦鹉飞来向他讨东西吃。这些大鹦鹉停在他的肩上、臂上、头上吃着东西，八戒好开心啊！

他正和鹦鹉玩得开心时，公园管理人员向他走来。

"先生，请你随我来！"

八戒莫名其妙跟着管理人员上了一辆小汽车。八戒坐在舒适的小汽车里，望着窗外的美丽景色，心中大喜，问道："你要将我带到何处去?"

"先生，请耐心等一下，目的地快到了。"

过了十几分钟，小汽车开进了警察局。

八戒慌了起来，到警察局干啥?他下了汽车，两位警察前来迎着他说："先生，请随我们进来。"

八戒跟着两位警察进了一间小房间。一位神情严肃的警官很有礼貌地说："先生，请脱下你的裤子！"

"你们这是干什么?"八戒惊问道。

"先生，你随地乱扔果壳纸张，破坏环境卫生，该打二十鞭子，又随意破坏公共财物，该打三十鞭子，共打五十鞭子。"

不由八戒分说，两位警察将八戒摁在凳子上，拿起鞭子在他的屁股上狠狠打起来。

"妈呀，痛死我了！"八戒直叫唤，可是无情的鞭子依然打在八戒屁股上，五十鞭子，一鞭不少。

打完了五十鞭子，八戒已动弹不得了。

两位警察将他扶到大门口，说道："亲爱的先生，请走吧！"

八戒痛苦地向前走着，他摸着伤痛的屁股说道："外国竟有如此规矩，还叫我亲爱的先生，我真想不到啊！"

002 Y国奇遇

猪八戒来到了Y国，发现了一个奇怪现象：牛在大街上漫步，无人管理。

八戒见一位行人过来，忙拉住他问道：“先生，这牛是你的吗？”

那行人向他点了点头。

八戒又发问道：“既然是你的牛，为什么不加管理，让它在大街上乱跑，乱拉屎拉尿呢？”

那位行人不理睬他，走开了。

八戒走着走着，又拉住一个行人间道：“先生，这头牛的主人是谁你知道吗？”

那行人直向他点头。

八戒道：“你知道牛的主人住在何处？”

那行人又向他点点头。

“好吧，你既然知道牛的主人住处，我就去找他。你肯带路吗？”

那行人又向他点点头。

“好呀，那你就带我走，行吗？”

那行人又向他点点头。

可是，令八戒奇怪的是，那行人只顾自己往前赶路。

八戒不由大怒起来，赶上前去，忙把那位行人拉住道：“你说话不算数，可知我的九齿钉耙厉害吗?”

那行人连连向他摇头。

“什么，你不信?老猪要用九齿钉耙打你一下，让你尝尝我的厉害。信吗?”

那行人又连连向他摇头。

猪八戒忍无可忍，向他发出了最后通牒：“你不老实，我要揍你一顿，相信吗?”

那行人一个劲儿向他摇头。

猪八戒无法可想，就用九齿钉耙向那行人打去。那行人怒不可遏，挥舞拳头向八戒击来。

两人扭打在一起，街上的行人都围了上，向那行人问清了情况以后，纷纷指责八戒道：“他老老实实向你表示了实情，为什么你还打他，这就是你的不对了。”

“什么?还是我的不对?”八戒不服气，把刚才发生的事原原本本说了一遍，众多行人又纷纷说道：“这完全是你错，他对！”八戒看他们全不讲理，又要挥动钉耙打人，众人一拥而上将他捆绑起来，送到执法机关。

Y国法院就根据Y国法律，判八戒坐了一年的牢。

八戒在牢中，整日叹气道：“我真冤枉啊，Y国人为何如此不讲道理?”

后来有人告诉他说：“不讲理的是你！”

“我怎么不讲理?”八戒傻了眼问道。

那位好心人告诉他说：“Y国人的习惯是点头不算摇头算。为什么你到了一个新国家不先探问一下那里的风俗习惯呢?”

八戒这才幡然醒悟，他确实错怪了好人。

003 红辣椒

猪八戒喜欢出风头，因此他常常喜欢参加各项比赛活动。在国内，他参加过吃西瓜比赛，得了冠军，人称“西瓜状元”。从此以后，他更加得意起来。后来他参加跳高比赛，得了倒数第一；参加游泳比赛，几乎淹死；参加马拉松比赛，等他跑到终点时，趴在地上再也起不来了，自然又是倒数第一。到了国外以后，参加吹牛比赛也落选了，但是他一直不服气。

有一天，他游历到了X国D市，刚好碰上了“吃红辣椒比赛”，周围聚集了许许多多的观众。八戒心想，出风头的机会又来了。他拨开人群走到中央，只见一位男子手中拿着十三个红辣椒，叫道：“有哪个好汉能跟我比赛吃红辣椒?”

谁也没有响应。因为人们都知道，这是一种不寻常的红辣椒。

八戒抢步上前，叫道：“我是天蓬元帅，人称猪八戒，西天取过经，得过西瓜状元。这小小的红辣椒有何稀罕！”

众人一听，忙伸出舌头说道：“吃这红辣椒可不是玩的。我们这里称它为‘地狱之火’。谁也不敢轻易参加这种比赛。你可要量力而行啊！”

八戒听罢哈哈大笑，捧着大肚子说：“我这大肚子啥都能吃。这小小红辣椒不在话下！”

那位男子上前来说道：“我名叫甘蒂斯，今天就跟你比赛一下。为了让你知道这红辣椒的厉害，请你先吃一只如何?”

八戒二话不说，接过那只红辣椒就往嘴里送。说时迟，那时快，八戒一嚼碎那只红辣椒，仿佛口中有一块火炭，那辣劲儿搅得他眼泪鼻涕都出来了。然而，他不服输，硬是将那其辣无比的辣椒吞下肚去。这一下，八戒突然感到肚子像一盆燃烧着的火，辣得他叫爹唤娘也无济于事。肚中的火越烧越旺，他滚在地上大呼救命：

“辣死我了！辣死我了！”

甘蒂斯先生见他可怜，忙端起一盆冷水朝他肚子上泼去，八戒软瘫在地上叫道：“我老猪服输了，现在看你的表演。”

甘蒂斯先生将手中的十二只红辣椒迅速吞下肚去。八戒看得目瞪口呆，赞道：“你真是神仙下凡，佩服，佩服！”

八戒的话音刚落，奇怪的事情发生了。甘蒂斯忽然张口喷烟。

八戒大叫起来：“你在搞魔术表演吗！”

后来，甘蒂斯的鼻孔、耳朵也冒烟了。这一下，在场的观众都惊呼起来：“不好了，赶快送医院抢救！”

一刹那工夫，甘蒂斯先生全身着火，八戒赶紧端起—盆冷水朝他身上泼去。可是已经来不及了，火势越烧越旺，二十分钟内甘蒂斯先生变成了一堆灰。

八戒震呆了，喃喃说道：“甘蒂斯先生，你干吗自己找死呀！”

004 赴宴

猪八戒在M国H市游历期间收到了一张请柬。内容是这样的：

亲爱的八戒先生：

圣诞节快到了。作为传统的节日，我们将在圣诞节晚上7时举行家宴。我们和孩子们热烈欢迎你的光临。

地点：本市鹰家花园别墅

乔埃夫妇

12月23日

八戒接到这张请柬自然十分高兴。他很想看看外国人家庭的生活情况。

圣诞节那天下午，他在街上买了三件小礼物，穿戴整齐在傍晚时分出门了。

到了乔埃的家门口才只有6时10分。怎么办？他不管三七二十一，揿了门铃。

大门打开了，乔埃先生见客人来了，说道：“亲爱的先生，对不起，7时未到，我们还在准备呢！请7时光临吧。”

八戒红着脸离开了，他想不到外国人竟如此遵守时间。

7时正，八戒再次揌了门铃。

门打开了，突然冲出一大堆样子一模一样年龄都在五六岁光景的孩子。

“欢迎，欢迎，热烈欢迎！”孩子们欢叫道。

这时候，乔埃夫妇笑嘻嘻地出来了：“欢迎你，猪八戒先生！”

八戒指着穿戴一样的孩子问道：“这些是什么人?”

“全是我们的孩子。”

“哇，有那么多?”八戒大吃一惊。

“共十七个，他们是同胞胎。十个男孩，七个女孩。”乔埃太太解释说。

八戒更吃惊了。这群天真活泼的孩子立即包围了他，使他无法招架。

乔埃先生说话了：“孩子们，这位中国来的客人是我们今晚唯一的客人。八戒先生，我现在一一向你介绍：这是汤姆。”

八戒点点头。

“这是萨拉里诺。”

八戒点点头。

“这是葛莱尼奥。”

八戒点点头。

“这是尼莉莎。”

八戒点点头。

“这是克莉斯蒂娜。”

当介绍完十七个孩子的名字，八戒迷迷糊糊，一个名字也记不住，他除了点头，还能说什么呢?

八戒只带来了三件小礼品，如今到了这个“世界之最”的多子女家庭，该如何分配呢?孩子们抢着要这些礼品，他正在为难，突然哨子响了。乔埃先生说话了：“孩子们请安静，礼物暂时放着，以后由你们轮流玩儿。”

孩子们立即安静下来。

晚宴开始了。孩子们围坐在一张大桌子周围又说又笑，非常热闹。乔埃太太忙着上菜，每人一盘，孩子们安静地吃着圣诞美餐。八戒发现这些孩子虽然顽皮，但是很讲礼貌。十七个孩子吃饱饭以后，更加兴高采烈起来。他们围着八戒提出了各种各样的问题：

“你们中国好玩吗?”

“中国比M国大吗?”

“你的名字为什么叫猪八戒?”

八戒一一作了回答，可是孩子们的问题越提越多，越提越离奇：

“你的耳朵为什么这么大?”

“你的鼻子为什么这么长?”

“你的嘴巴为什么这么阔?”

“你的钉耙是干什么用的?”

八戒正在为难之际，哨子声又响了。乔埃太太说话了：“孩子们坐好，现在每人依次为远方的客人表演一个节目好吗?”

孩子们兴奋异常，他们围着圣诞树，有的唱歌，有的跳舞，有的做怪相，有的装狗叫……八戒高兴极了，双手也拍痛了。这时一个小孩突然叫了起来：“请八戒先生表演一个。好不好?”

孩子们欢蹦乱跳起来。这一下使八戒十分尴尬，他除了会唱猪歌，什么歌也不会唱。他只得硬着头皮唱道：“咕噜噜，咕噜噜……”

孩子们笑得前仰后合。这算什么歌呀?时钟正打十下，八戒不得不告辞了。哨子声又响了起来。十七个孩子一下子排列在家门口，叫道：“Good—bye！Good—bye！”

八戒依依不舍离开了这个幸福的家庭。这真是一次永生难忘的圣诞晚宴啊！

005 戴帽的学问

猪八戒戴着那顶和尚帽，周游列国，结果闹了不少笑话。

有一次，他到了M国，在大街上看到许多人像他一样，戴着各种各样的帽子，非常高兴。他在街上走着走着，忽然不少人向他点头，并将帽子微微掀起，说道：“八戒先生，你好哇！”

八戒不知他们为什么要将帽子微微掀起。后来一打听，才知这样的举动表示对人的尊重。

八戒后来到了Y国L城，他向一位男子问路时，将帽子微微掀起问道：“先生，去罗那广场的路该如何走呀？”

哪知那位男子对他瞪着眼睛说：“你为什么如此不讲礼貌？”说完自顾走开了。

八戒傻了眼。为什么L城人如此不讲礼貌？后来一打听，才知道在Y国对人表示尊重的话，必须将帽沿拉得很低。

又一次，他来到W国，只见街上不少女人戴着帽，也有不少女人不戴帽子，他也闹不清是啥原因。有一天，他在公园里碰到一个未戴帽子的年轻女子坐在一张长椅上，说道：“小姐，这空位子我可以坐吗？”

岂料那个不戴帽子的女人对他瞪着眼，不说一句话，也不理睬他。

后来，他又对一个戴帽子的约摸五十岁的女人说道：“太太，这位子空着吗?”

哪知那个女人跟他怒容满脸地说道：“哼，你瞎了眼啦，我还是一位小姐呢！”

八戒又傻了眼，他再不敢跟这里的女人打招呼了。

有一年，八戒旅行到了X国G城，这里的天气特别炎热。一天，他走了许多路，口渴难熬，走进一家农户，向他们讨水喝。他彬彬有礼，一进门就将帽子脱下拿在手中，对一个农民堆着笑容说道：“先生，请给我一杯水喝好吗?”

这一下，可惹恼了这个农民：“怎么啦，你准备来跟我们打架吗?”

八戒一看不妙，立即将帽子戴上，打算马上离开。这时，这户人家的人马上笑嘻嘻地说道：“欢迎你，亲爱的先生！”

八戒这才明白过来，世界上真是无奇不有，连戴帽子也还有许多学问呢！

006 与狼共舞

狼是可怕的动物。

狼又凶又狠，不但喜欢吃羊，也喜欢吃猪。八戒曾经看到过狼追鹿的电影镜头。鹿的速度虽快得惊人，但有一次狼追一只梅花鹿，追了十公里路，梅花鹿终于支持不住倒下了，成为狼的一顿美餐。

他如果遇见狼，岂不性命难保！

有一次，他来到美洲北部的荒原，不时听到从远处传来的狼嚎声，心中又惊又怕："怎么，在这里难道还有狼吗?"

一位老人对他说道："我们这里不但有狼，而且还有狼群出现呢！"

八戒慌了手脚，想速速离去。

一位姑娘跑来了："先生，我带你去参加一个辩论会好吗?"

八戒正好找到了离开的借口，就跟姑娘来到了一处会场。

会场并不大，可是参加辩论会的人很多。

会场前面挂着一幅横幅，上面写了八个大字：

我们该不该保护狼

八戒暗暗想道：狼是凶恶的动物，应该铲除才行，怎能保护？

辩论会开得热火朝天。主张消灭狼的一位老年人正在发言：

“狼是一种迅猛的食肉动物，对人类危害极大。它有一副极富攻击力的爪子。它的撕扯压力，可达每平方英寸一千五百磅，两倍于德国牧羊犬。”

另一位老者用缓慢而优美的语言说道：

“在文学作品中，狼被描写成嗜食死尸的恐怖动物。其凄厉的嗥叫声让人们听了心惊肉跳。”

另一位老妇人站起来激动地说：

“我娘家的邻居，有一次被狼群袭击，家禽全部被狼叼走，家里人也被狼群咬死，一个好端端的家庭全被狼群毁掉了。狼是邪恶、恐怖的动物，必须除尽。”

这时候，一位中年学者站起来说话了：

“现在农村的生态平衡被破坏。城市、农村人口越来越多，森林、荒原、狼群越来越少。因此，我们要保护荒原。要保护荒原，就必须要保护狼群。我认为，保护狼群有益于人类生存。”

另一位动物学家用洪亮的声音说道：

“狼的恶行，显然被人们夸大了。它们不像山狮和黑熊那样时常杀人。至今，我们这里还没有出现狼伤害人类的记录。”

一位青年人叫道：

“我认为，狼可以和家禽养在一起，它们双方还能和平相处呢。”

八戒听了双方的辩论，觉得都有一些道理。谁是谁非他真无法搞清了。

这时候，音乐声突然响了起来。那位青年人喊道：“请大家到广场去，那里有一场精彩的表演呢！”

人们都向广场拥去了。

猪八戒随着人们来到了广场，眼前出现了“与狼共舞”的场面。这是他一生中从未见过的奇妙场景。那位与狼共舞的姑娘，不就是带他到辩论会场的那位姑娘嘛！跳得多么默契呵！

这不可思议的场景，使八戒简直目瞪口呆！

世界之大，真是无奇不有。你如不信，就去看看八戒当时抓拍的照片吧。

第四部

猪八戒开始转变了

小引

猪八戒通过以上种种经历和奇遇，他开始有所转变了，也变得聪明起来。但这仅仅是开始。以后，他是否会变得更聪明、更懂道理呢?只有看他自己的表现了。

001 春天来了

春天来了，太阳暖洋洋地照在大地上，万物生机盎然。原野上繁花似锦，世界多美呀！

猪八戒这天出门时，穿戴得整整齐齐，干干净净，他那把九齿钉耙也擦洗得油光发亮。

他唱着歌儿沿着大路向前走去，走到一处村口，遇见一群小朋友在踢足球。一个足球正巧碰在他的头上。小朋友见是猪八戒来了，都高高兴兴围了上来。其中有一个调皮小朋友问道：“呆子，你被踢痛了吗?”

“不痛，”八戒很有礼貌地答道，“讲话要有礼貌，请你以后不要叫我呆子啦，我已经开始转变了。”

小朋友们听了都大笑起来，猪八戒过去说话粗鲁，呆头呆脑，大家都知道的。如今难道真的改了吗?另一个小朋友问道：“你还唱《猪歌》吗?”

“不唱了。”

“你跟我们讲讲《猪八戒为啥叫八戒》的故事好吗?”

“唉，不用讲了，那是过去的事了。”

另一位小姑娘叫道：“八戒师父，你去西天取过经，又到过国外许多地方，见多识广，请你讲一个故事给我们听听。”

猪八戒听小朋友叫他“师父”、“师父”的，心里感到一丝甜意。他说道：“我虽然跟随师父唐僧、师兄孙悟空、师弟沙和尚去西天取过经，后来也访问了不少国家，可是还谈不到见多识广。过去我以为样样都能，其实我什么也不能。”

那位调皮的小朋友又叫了起来：“八戒师父，你想到什么，就给我们讲什么吧！

八戒不能让小朋友们失望，他就坐了下来，低头想了一下，讲了下面这个故事：

从前猫头鹰和燕雀同住在一棵树上。一天，燕雀对猫头鹰说：“你白天看不见东西，太糟糕了。白天阳光普照，鲜花盛开，你啥也看不见，多可惜。你瞧我，什么都能看见，可比你强啊！”

“是呀，白天我确实像一个瞎子，大大不如你呀。”猫头鹰老老实实承认说。

一天夜晚，狂风大作，把他们居住的大树刮倒了。猫头鹰立即飞到另一棵树上筑起新巢，而燕雀由于在黑夜里看不清方向，东躲西藏，一头撞在岩石上受了重伤。

这时候，猫头鹰飞到燕雀身旁说：“亲爱的燕雀先生，晚上看不见东西也很糟糕呀！”

八戒讲完了这则故事，问道：“亲爱的小朋友，你们说说这个故事告诉我们什么？”

那个调皮的小朋友说：“告诉我们不要骄傲。”

那个小姑娘补充说：“这故事还告诉我们：人人都有长处，也都有短处。我们不要讥笑别人的短处，我们要向别人的长处学习。”

猪八戒高兴地大笑起来：“你们讲的都很对，我们要以燕雀为戒。”

这时候，几个小朋友捧来了一大盘切好的西瓜叫道：“师父辛苦了。你不是吃西瓜大王吗？请你吃甜西瓜！”

八戒见了他爱吃的西瓜，真想一口气将它吃光。可是他忍住了。说：“不，不，不，我讲了一则小故事，怎能说辛苦呢。谢谢你们了。”说罢，八戒向他们挥手告别而去。

小朋友们目送猪八戒远去的背影，都翘起大拇指说：“八戒师父真的变了呢！”

002 粗中有细

你别以为猪八戒老干傻事，他从失败中吸取教训，有时也会干出聪明事来。不信，请你看看下面这则故事吧——

一天中午，一位年轻女子给在田里劳动的丈夫送饭去，丈夫吃了妻子送来的饭菜以后，马上倒在田里死去了。这一下，这位年轻女子被抓了起来。有人猜想，这位女子可能会因“谋杀亲夫”罪，被判死刑。

有人把这件事告诉好管闲事的八戒。八戒拍拍他的大脑袋想道：这对青年夫妻，平日恩恩爱爱，如何会发生这样的事！

他来到监狱访问了这位不幸的女子。这女子哭着把自己送饭的经过细说了一遍。女子哭着喊道：“八戒师父呀，你心肠好，可要帮帮我啊！”

八戒听完女子的诉说，心中也好生奇怪。他向这位女子提出了几个问题：“那天中午你给丈夫送了什么饭菜？”

“鱼羹和米饭而已。”

“送饭时你可曾去过别处？”

“没有。”

“半途上可曾休息过?”

“对了，半途上我在荆树林下休息了一会儿。”

八戒从狱中出来以后，绕道到女子所说的荆树林中去了。到了荆树林中，只见荆花盛开，朵朵荆花时时从树上飘落下来。

八戒忽然有点明白过来，他在地上拣了一些荆花，急急忙忙回来了。

回到住处以后，他忙叫孙悟空做一碗鱼羹，又忙叫沙和尚做一碗米饭。说罢，急冲冲出门去了。

唐僧师徒三人，见八戒呆头呆脑、忙忙碌碌的样子，不知他又要干出何等傻事来。过了一会儿，悟空做好了一碗鱼羹，沙和尚做好了一碗米饭，正在埋怨八戒没头没脑时，只见八戒拎着一只小老鼠回来了。

唐僧师徒正在纳闷，八戒将荆花扔在鱼羹和米饭中，然后命那只小老鼠去吃。小老鼠饿得正慌，一口气将鱼羹和米饭吞吃完了。说时迟，那时快，小老鼠一下子倒在地上，死去了!

八戒见此情景，忙大叫着：“有救啦，有救啦！”奔出门去了。

唐僧叫道：“悟空，你们快把八戒追回来。他得了疯病啦!阿弥陀佛！”

八戒早就跑得无影无踪。

悟空和沙和尚喊道：“师父说的是。这八戒的疯病，真得好好治一治呢。他究竟是何道理?”

说罢，悟空和沙和尚忙出门去追赶八戒。

当悟空和沙和尚把八戒带回来时，才笑着对师父说道：“师父，这次八戒做了一件聪明事呢！”

“竟有此事，快快道来。”

悟空把八戒如何为那受冤女子平反的事数说了一遍。唐僧听了十分高兴地说道：“真想不到，八戒粗中有细，有时还聪明着呢。”

八戒听了师父的夸奖，反而低头不语了。

003 智斗群猴

有一天，猪八戒经过一块玉米地，看见几十只猴子正在地里糟蹋庄稼。他们又吃又摘、又闹又跳，把一块已经成熟了的玉米地弄得一塌糊涂。

八戒心里嘀咕着：这些该死的猴子，随意糟蹋农民的劳动果实，实在太不应该了。他走上前去大声喝道："猴儿们，你们赶快住手，要不，我的钉耙对你们不客气了。"

猴儿们一听是猪八戒的喊声，全都嘻笑起来。他们住了手，一齐围上来叫道："你这呆子，这块地又不是你种的，你管不着！"

"不是我种的，也得管！"八戒严肃地说道。

"嘻嘻，丑八戒倒管起闲事来了。咱们来戏耍他一番。"其中那只老猴王叫道。

猴儿们一下子涌上前来，有的跳在他的背上，有的爬在他的肩上，有的摸摸他的鼻子，有的抓抓他的耳朵……猪八戒抡起九齿钉耙来招架，哪知他刚举起钉耙，就被一群顽皮的猴子夺走了。

八戒失去钉耙，猴儿们更大胆了。它们将八戒围在中间，又打又闹，简直使他动弹不得。

八戒沉住气，开动了脑筋。他想，要对付这群顽猴，光靠蛮干、威吓不行。一定要跟他们智斗才好。

他沉思了一会儿，对带头的老猴王叫道：“老猴，咱们来一个比赛好吗?”

“什么比赛?”老猴王问。

“你们猴儿管摘，我在地上管拣，看谁收得多。谁输，谁就自动离开这块玉米地。”

在场的五十只猴子听了大叫起来：“好，好，一言为定。这猪呆子输定了。”

八戒从另外一块地里弄来了两只大箩筐，然后对猴王叫道：“咱们开始吧！”

老猴王一挥手，几十只猴子就开始摘玉米了。它们一边摘，一边把摘下的玉米夹在腋下，它们摘一个，夹一个，同时也就丢一个。这些猴儿们摘得又快又多，可是夹在腋下的始终只有一个。

一会儿工夫，玉米地的玉米全被摘完了。

这五十只猴子欢蹦乱跳起来，老猴王也高兴得不得了。他们从腋下拿出它们的玉米棒，自以为摘了许多，可是结果每只猴子都只拿出了一个玉米棒。他们数来数去只有五十一个。他们再看看猪八戒的两大箩筐，已满满地堆满了玉米棒。他们粗粗地数了一下，竟有五百多个！猴儿们都惊呆了。

这到底是怎么回事?

在事实面前，猪八戒赢了，猴儿们输了。

老猴王为维护自己尊严，说话得算数。他只好领着那群猴儿们，灰溜溜地离开了。

这当儿，几个农民走来了。看到猪八戒为他们收摘了这块玉米地，都非常感谢。

农民甲说：“八戒师父，你为我们做了好事啦！”

农民乙说：“八戒兄弟，你过去又懒又馋，现在可勤劳起来啦！”

八戒摇了摇头说：“不，不，不，这些玉米不是我摘的，而是刚才离去的猴儿们摘的。”

农民丙说：“这是怎么回事？”

八戒把刚才发生的事讲述了一遍。农民们都笑道：“哈哈，想不到猪八戒也变得聪明起来啦！”

004 当坏消息传来的时候

有一次，赤脸狐狸跑到猪八戒面前说："八戒师傅，你的师弟沙和尚正在前面村子里吃肉哩！"

八戒听到这个消息，心里猛吃一惊："佛门子弟怎么可以吃肉？罪过，罪过！"

过了一会儿，黄鼠狼跑来说："八戒，八戒，告诉你一个消息。"

"什么消息?"

"沙和尚正在前面村子里打人哩！"

八戒听到这个消息，心中十分恼怒："佛门子弟，慈悲为怀，怎么可以打人?"

又过了一会儿，一只弹琴蛙跑来跳上猪八戒的肩膀，对着他的耳朵叫道："不好了，沙和尚正在前村拆别人的房子啦！"

八戒闻言惊问道："你说的可是真话?"

弹琴蛙用他那美妙的蛙声叫道："我才不说谎话哩！"

八戒不觉大怒："好家伙，这沙和尚平时装得老老实实，原来他背地里干了那么多坏事！真是知人知面不知心！"

又过了一会儿，袋鼠跳来说："不得了啦，沙和尚在前边村子里杀人啦！"

“什么?他竟敢杀人?此话当真?”

袋鼠拍拍育儿袋中的小袋鼠说：“我以我的小孩发誓，我亲眼看见一位老奶奶满脸流血，不是他杀还有谁杀?”

这还了得！八戒大叫一声，拿起九齿钉耙，怒冲冲赶往前村，他心中早就盘算好了：沙和尚干尽坏事，败坏佛门名声，我看见他，至少先给他吃三下我的钉耙，让他知道我老猪的厉害！

八戒急如星火到了前村，看见一个农夫正在地里种菜，忙上前问道：“农夫大哥，你可知道沙和尚吃肉的事儿?”

农夫说道：“我未听说过。他来到我们村里，很守佛门规矩，只吃素，从来没听说他吃肉的事儿。”

八戒不觉纳闷起来：“这是怎么回事儿?”

他余怒未消，又往前走，碰到了一位妇女，上前作揖问道：“大嫂，沙和尚在你们村里打人了?”

妇女笑了起来说：“你冤枉了好人，他可挺和气的。我们全村大人、小孩没有一个不喜欢跟他亲近，听他讲《西游记》的故事。”

这倒奇怪了。猪八戒怀着疑虑的心情，又往前行。这时候，他的怒气已消掉了一半，他在桃树林旁边碰到一位老汉，上前问道：“老人家，你可听说沙和尚在你们这里拆房子的事儿?”

老人听了，气得胡子翘得老高老高的，问：“这是谁造的谣?我家的房子昨夜被大风刮倒，他现在还在帮我修房子哩！”

居然有这样的事！八戒越发奇怪了。

猪八戒到了村中一家农户门口，只见一位老奶奶头上包着一块纱布，坐在一张躺椅上休息。猪八戒心想，沙和尚杀人果然不差！大概他要杀的就是这位老奶奶吧！

八戒上前问道：“老奶奶，你头上怎么啦?是不是沙和尚要杀你?”

老奶奶听罢，大怒起来：“你中了邪啦！沙和尚到了我们村里，尽干好事儿。我昨天出门不小心，摔在一条阴沟里，弄得头破血流，幸亏沙和尚及时看到，马上将我背到医院去包扎好了。你瞧！我头上的纱布，就是最好的证明。”

原来是这么回事！

这时候八戒忽然听见叮叮咚咚的声音，上前一看，只见沙和尚正冒着大汗爬在屋顶上修理房子哩。沙和尚见了猪八戒，忙问：“八戒，你拿了九齿钉耙怒气冲冲的，准备干啥?”

猪八戒一下子低了头，觉得非常惭愧。他涨红着脸说：“嗯嗯，我正要向你……”

他再也说不下去了，忙丢了九齿钉耙，脱下衣服，爬上屋去，帮助沙和尚一同修理那间被大风刮倒的房子。

猪八戒确实变得聪明起来了，他心中暗暗想道：当任何消息特别是坏消息传来的时候，如果不调查研究，马上轻信别人的话，岂不要冤枉好人吗?

005 巧释难题

一天，八戒独自来到李家庄。这时候暮色苍茫，他正急急赶路，忽然前面来了一位老汉，人称王老爹。那老汉拦住八戒的去处，说道：“八戒师父，我家后山上一株大梧桐树被隔壁邻居李勇砍去了，请你给我评评理吧！”

八戒听后言道：“你跟李勇家好好商量，哪有不可解决之理！”

那老汉叹道：“李勇家仗着人多势大，硬说是他们种下的，梧桐树又不会说话，因此拖了好长时间仍未解决。”

八戒心想出家人能为群众排除纠纷，也算是善行。于是，他就在庄上停了下来。

八戒先访问了庄上几家农户。他们都说：“后山那块地早先是李勇的父亲所种，以后荒芜了又归王老爹种。至于谁先种下这株梧桐树，谁也说不清了。因为李家的老父已于前年去世。”

八戒又访问了李勇一家，李勇兄弟八个，他们七嘴八舌地讲开了：

“这是我家先父种下的。错不了。”

“谁稀罕别人种下的树？”

“你父生前确实跟你们说过，他曾亲手种下这株梧桐树吗?”八戒问。

有的回答说：“他生前讲过的。”

但有的回答说：“这已记不清了。”

“跟谁讲过的?”八戒又问。

李家八兄弟一时回答不上来。最后，李勇硬着头皮说：“跟我讲过的。”

“何时讲过的?”八戒紧追不放。

“这个——”李勇迟疑了一下说，“去年。”

“去年你父亲不是已死了吗?”

李勇慌忙改口说：“不，不，是前年说的。”

八戒听了李家兄弟的谈话，心中稍稍有了底，可是如果没确凿的证据，事情还是十分难办。他又连夜访了几家有植树经验的老农，请教了好几个问题。他心中更加有底了，于是连夜在土地庙召开全庄大会。

土地庙里，李家人男男女女老老少少来了十五六个，王老爹去年死了老伴，无儿无女，孤身一人。在会上，王老爹说，这树是他亲手栽下的，没错；但李家人说，这树是他们的先父栽下的，也没错。双方各执一词，越吵越凶。王老爹势孤力单，没法再说下去了。

这时候，八戒忽然发问道：“李勇，你说说，这树已种了几年?”

李勇想了一下，说：“根据我的回忆，大概有三十年左右了。”

八戒又转身问王老爹，老汉回答说：“已有十六年了。”

王老爹见事情没法解决，叹了口气说：“算了吧，梧桐树不会讲话给我作证的，那就算李家人种的吧！”

围观的不少群众，都十分同情王老爹，可是又找不出确实的证据，同时又害怕李家人平时的强横，因此谁也没有站出来讲一句公道话。

八戒再次要求双方本着实事求是的精神协商解决，但是仍然没有效果。

这时候，天色微明，公鸡开始报晓了。

八戒忽然站起来对大伙儿说道："各位父老兄弟们，你们跟我一起上山去实地看看吧，我相信那株梧桐树会替我们做证的。"

八戒的名声原来就不好，人们早先都叫他傻八戒，难道他会有灵丹妙药解决这个难题吗？大家怀着好奇的心理跟着八戒上山去了。

到了山上，大伙儿找到了那根被砍去的梧桐树树桩，八戒仔细审视了一下，对大伙儿说道："你们瞧瞧，这树桩上有多少年轮？"

有人上前数了一下，叫道："有清楚的，有不清楚的，加起来一共有三十二轮。"

这时候，李勇高声叫道："你们看，这树一年一轮，不是我们李家种的，还会有谁家种的？"

这时候，王老爹早就低下了头，感到"有理说不清"了。

八戒忽然出其不意地高声喊道："这树是王老爹亲手种下的！"

这一下，群众哗然。李家人更是暴跳如雷，大骂八戒是傻八戒、丑八戒、糊涂八戒……

八戒沉住气，慢慢讲出了他的道理："根据有经验的植树老农告诉我，梧桐生长每年有两圈年轮花纹，春天一圈，周围较大，质地较硬，十分清晰；秋天小阳春一圈，周围较小，质地较松，比较模糊。王老爹说已种了十六年，正好说明这树是他亲手栽下的。谁说梧桐树不会作证呢？"

这一番话，说得李家人无言答对，王老爹热泪盈眶；群众兴高采烈，夸奖八戒说得有理。当天下午，李勇把已经砍下的大梧桐树亲自背到王老爹的家中，并向他道歉。

消息传开以后，人们赞扬猪八戒道：“我们不能用老眼光看人。八戒开始变得聪明起来了。”

006 遇哑女

八戒正兴冲冲往一条乡村小道走去，迎面跑来了一位美貌姑娘。姑娘看见猪八戒，就拦住他的去路，大叫起来：“阿、阿、阿。”她用双手往上举着。

原来美貌姑娘是一位哑女！

她双手往上举着，是什么意思？八戒以为她要他抬头看飞鸟，可是湛蓝的天空，只有几朵白云，哪里来的鸟儿啊？

姑娘急了。她指指山那边，又指指胸，又指指天，连呼：“阿、阿、阿。”

八戒越发糊涂了。

“山那边又怎么啦？你的胸口痛吗？这跟老天又有什么关系？”

“阿巴巴、阿巴巴、阿巴巴。”这哑姑娘显然更急了。她一把拉住猪八戒向山那边直奔。八戒理会到这姑娘一定发生了什么急事，不由分说，随着姑娘忙往前奔。

转过了山弯，到了山那边，只见山下一座房子正在起火燃烧。

救火如救人，八戒到了现场，连忙挑起水桶，要去担水救火，哪知这哑姑娘又拖住他叫道：“阿、阿、阿。”她指指屋里，在自己的额角画了三条线，又拿起一根树枝弯着腰在地上走了一圈。

这一次，猪八戒马上意识到，里面一定有一个老人被困在火里了。他二话没说，向一个已经冒出火苗的房间冲去。在烟雾中，他见床上躺着一位老人，正在呻吟着。八戒急忙把老人背在身上，正要冲出来时，一根燃烧着的木头落在他的身上。他不顾一切地冲了出来，将老人放在一块空地上，发觉自己像一个火球，全身上下都着火了。他身上油多，猪毛烧得吱吱直响。

哑姑娘忙用双手背地，又做成圆圈模样转动起来，叫道："阿巴巴，阿巴巴，阿巴巴。"

八戒立即明白了她的意思，马上在地上滚了起来。滚了几分钟，八戒身上的火苗扑灭了。

这时候，忽听哗啦啦一声，房子坍倒了，余火尚在燃烧。老人喘着气向八戒点点头说："八戒师父，你是好样的，谢谢你的救命之恩。"

"不用谢，见死不救，我还去西天取什么经?"

八戒已严重烧伤，说完这句话，他再也支持不住，倒在地上昏死过去了。

哑姑娘一边大叫："阿巴巴、阿巴巴！"一边张罗着众人，忙将八戒抬往医院抢救。

经过医生的急救，八戒苏醒过来。只见哑姑娘已哭肿了眼睛，口中还在"阿巴巴"地叫着。八戒无法向哑女打手势，口中喃喃说道："不要紧，我会好的。请你们大家好好照顾老人和他的女儿。"

他不能再多说话了。

八戒头上包着纱布，全身烧去了很多猪毛，身上涂满了药膏，他的形象更加丑了，可是他的心灵更美了。

从此以后，当人们在舞台上、银幕上、荧屏上、书本上看到猪八戒的形象时，人们总要报以善意的微笑。这难道是偶然的吗?

亲爱的小朋友，猪八戒的故事写到这里，该暂时告一个段落了。

我想起了我国一位著名作家说过的一段话：“人是一代又一代地走过来的，一代又一代地幼稚过来、愚蠢过来，又聪明过来、成熟过来的。如果一上来，人们就和后来一样聪明，那就不会有革命，不会有爱情，又不会有文学，不会有——例如足球比赛了。”

这话是很有道理的。但愿猪八戒一天比一天聪明，一天比一天成熟。

今后，猪八戒会怎样?他会不会变得更聪明，或者更愚蠢？谁也不清楚。也许，他的故事，还会有人续写下去。那我们就等着瞧吧！

后记

让“猪八戒”走向世界

（一）

故事写完了，还有几句话要说。

童话富有幻想色彩，一直受到孩子们的喜爱。同样一个道理，如教育孩子不要说谎，如果只讲大道理，孩子们不爱听；如果你有声有色地讲起“狼来了”的故事，孩子们就会竖起耳朵听了。听完以后，他们会自觉认识到，说谎的危害性是很大的。

世界上有不少童话故事形象，如米老鼠、阿童木、变形金刚、机器猫……我们中国从古至今也有不少童话（神话）故事，其中的许多形象也都令人喜爱，如孙悟空、猪八戒、阿凡提、哪吒、三个和尚……只是数量太少了。

我从小就喜欢童话，随着年龄的增长，对童话仍然痴迷，并开始创作童话。近几十年来，我陆续写了一些以“猪八戒”为主要人物形象的小童话故事，其中部分曾在《拼拼读读画报》上刊载，受到小朋友的欢迎。

猪八戒的故事赫赫有名。在《西游记》中，他是个既可爱又可笑的形象，人人都喜欢他。他本性善良，可是缺点不少。他在取经路上说过不少蠢话，干过不少蠢事。虽然，有时经过师父唐僧的点拨和师兄孙悟空、师弟沙和尚的帮助，他对自己的错误有所认识，可是仍然屡改屡犯，成为人们取笑的对象。人有缺点是很正常的，世上哪有十全十美的完人？有缺点，改了就好。猪八戒的许多故事正因如此，才深入人心，家喻户晓。直到今天，大量的书籍报刊，仍经常刊载以猪八戒为题材的故事或漫画。

为提倡创作具有我国民族特色的童话故事，我把这些以猪八戒这个传统人物为形象、赋予新内容的小故事奉献给孩子们。但愿孩子们喜欢这些小故事，如能从中得一点愉快，一些启发，我将感到无限欣慰。

1995年1月于杭州大学

（二）

此书初版，至今快要二十年。今蒙中国言实出版社厚爱，有机会再版，这是中国童话园地之幸，也是我这耄耋老人之幸。

感谢世界儿童文学大会主席、我的老同事蒋风教授，把我的书力荐给中国言实出版社！感谢美国梅凡先生的书评。梅凡先生把我塑造的猪八戒形象，剖析得入理入神，超乎我的想象，真乃入木三分。也感谢主编老鱼（杨晓明）的辛勤劳动，使我这耄耋老人重现文学青春！

我打算将猪八戒的故事，继续整理出来。我的梦想，是让猪八戒的形象走向世界！走上世界童话舞台！我要让世界儿童认识一下，中国居然有如此可爱、风趣的喜剧形象。

2014年1月于浙江大学西溪校区

附录

老在须眉壮在心　耄耋犹存童真心

——喜读《猪八戒传奇》有感

●美国　梅凡

感谢《暨南渝讯》连载了任明耀教授的《猪八戒传奇》，让我一个“假洋鬼子”，在海外能够享读到脍炙人口的童话故事，感到津津有味，真是不可多得。

在神州的土地上，童话故事本来就不多。虽然改革开放三十多年情况有所改善，文艺正在复兴，但是毕竟需要一个过程，中国童话故事的园地才能兴旺起来。可以说，《猪八戒传奇》，是中国童话故事新园地中青枝绿叶烘托的奇葩。

文艺创作，始于灵感与冲动。在通读《猪八戒传奇》之后，我感觉到作者除了要深化他所喜爱的猪八戒形象，要给儿童文学园地灌溉添色之外，更要关注中华文化的大发展与大繁荣。我相信，这是作者的创作动机所在，也是作品的现实意义所在。

中国古语云：“十年之计，莫如树木；百年之计，莫如树人。”作者年逾九旬，学贯中西，为人师者，深明育人修身，绝非一朝一夕的事。一代人的健康成长，必须从儿童时代、青少年时代开始灌输和栽培。因此，他发现了《西游记》中“目中无人，到处逞能”的猪八戒形象的可塑性，以童话故事的方式，把“八戒”名字形成的有趣事端搬上舞台，充实书斋，传播社会，唤起人们的警戒。

《猪八戒传奇》说的是做人应该养成好习惯、好德行，应该丢弃坏作风、坏习惯，要是非清楚、美丑分明。《猪八戒传奇》中的猪八戒，形象生动，知错就改，活泼可爱，是少年儿童健康成长的精神食粮，也是家长和教育工作者的精神食粮。

《猪八戒传奇》的作者，是耄耋老人，是饱经过去各种政治运动风风雨雨的过来人。他下笔写的“八戒”，乃是深切地意识到清除社会弊端和提高人文素质的迫切需要。若把“八戒”身上所暴露的毛病，只当做少年儿童成长过程中可能会出现的现象，那就未免过于狭隘了！当我读到六戒、七戒、八戒，我的思绪就更加自然开阔了。哪里有不懂气功，却狂妄自大，要像气功师父那样，企图以自己的头去击碎石头，且不听劝告，还再三尝试，以致落得血流不止，自讨苦吃的？哪里有贪图姿色，爱听谗言，误入歧途，差点赔上性命，获救之后还逞能，并且当面撒谎的？看看历来的政治运动和当前的日常生活之中，这种猪八戒现象太多了，若作为“新天方夜谈”的素材加以收集，可远远超过老的天方夜谭。是呀，社会需要反思，人类需要反思，并且，应该提倡和嘉许反思。作者写“八戒”，而且每当猪八戒做了错事或闯了大祸之后，同伴都帮助他认错改错，老猪也能认错并接受教训。作者借唐僧的话，表示要“慈悲为怀”。唐僧问：“七戒徒儿，你毛病太多，今后该叫你什么，你自己说吧。”“八戒、八戒、八戒”老猪大叫三声。因为知错肯改，猪八戒显得可爱了。作者最后还说：“时代毕竟变了，我们深信猪八戒不会永远傻里傻气，尽干傻事情。他在众人的帮助之下，一定会变好。他可能还会周游世界，让自己的眼界开阔起来，不但会变得聪明起来，而且还会做好事呢！”说到此，我觉得作者的眼界是很现实的，视野是很开阔的，胸襟是很前卫的，所以创作是成功的。

诚然，猪八戒形象塑造的成功，不仅在于思想性、现实性，而且在于艺术性的完美。《猪八戒传奇》首先是中西文化艺术的结晶。故事中的主角和他的三个伙伴，人物形象均取材自中国文学名著《西游记》。作者在叙事过程中，始终遵循人物属性，然后加以深化与提高。作者任明耀教授，精于外国文学，尤其是莎士比亚诗歌、戏剧的教学，他创作的《猪八戒传奇》，运用中西文化的艺术技巧特别纯熟，特别自然。

其次，《猪八戒传奇》的表现手法有独到之外。一般的童话故事，较多取材于神话传说，或者将动植物拟人化，描述他们的风趣情节，以大自然为背景加以发挥，有较广阔的想象空间。然而，猪八戒是唐僧、孙悟空、沙僧的伙伴，除了保留着动物的部分色彩，早已经人格化。所以，作者更着重将他摆放在人文境界中进行刻画，虽然想象的空间相对较规范性，但是反而更加贴近社会，亲近现实。读者只要品味人物的对话、心理活动以及环境描述，便感觉到那是日常发生在身边的事，易于融会贯通。

再说，“八戒”是属于哲理性的课题。作者明知人们不喜欢说教，却巧妙地以形象说话，让少年儿童在欢乐之中得到教育。你看，老猪每做傻事，都是傻过再傻，情节步步推进，直至恶果形成，才获助化解，从而觉醒过来；继而，又有儿歌把问题的症结加以点破。

就这样，严肃的课题寓于栩栩如生的画面之中，多么有趣呀！

说到这，我记起作者十多年前说过的话：“泰山顶上有两句诗：‘富于文章穷于命，老在须眉壮在心。’文章我可不‘富’，可是我将尽力做到‘老在须眉壮在心’，为祖国的精神文明建设鞠躬尽瘁，死而后已。”正是年逾九旬，童心未泯呀！重温任教授的心声，我，一个“假洋鬼子”，万分敬佩！真是衷心感谢他的童心奉献呵！

2013年7月11日写于美国洛杉矶

（作者系暨南大学中文系毕业校友，现任美国南加州暨大校友会会长，社会活动家）